Die Ermittlung über Bork

Ingeborg Kaiser
*Die Ermittlung
über Bork*

Verlag Sauerländer
Aarau und Frankfurt am Main

CIP-Kurztitelaufnahme der Deutschen Bibliothek

Kaiser, Ingeborg
Die Ermittlung über Bork. – 1. Aufl. – Aarau, Frankfurt am Main:
Sauerländer, 1978.
  (Neue Texte bei Sauerländer)
  ISBN 3-7941-1677-1

Ingeborg Kaiser
Die Ermittlung über Bork

neue texte bei sauerländer
Umschlag von Stephan Bundi

Copyright Text, Illustrationen und Ausstattung:
© 1978 by Verlag Sauerländer, Aarau/Switzerland und
Frankfurt am Main/Germany
Herstellung: Sauerländer AG, Aarau
Printed in Switzerland

ISBN 3-7941-1677-1
Buchbestellnummer 09 01677

Es vergeht kein Tag, wo ich nicht mit Bork konfrontiert werde, von Bork genötigt, wie Bork funktioniere als Teil einer Ordnung, die Menschen nach Klassen und innerhalb der Klassen nach Geschlechtern trennt. Bork ist davon abhängig und ich von Bork. Der Raum, der Bork zugebilligt wird, ist genormt. Bork bewegt sich innerhalb der Normen, die eine bestehende Ordnung als für Bork angemessen erachtet. Bork weiblich, verheiratet, der Mittelschicht angehörig entspricht den Vorstellungen, die man sich von Bork weiblich, verheiratet, der Mittelschicht angehörig macht.

Laut Statistik hat Bork mit fünfunddreißig Jahren einen Ehemann, zweieinhalb Kinder, Konfektionsgröße 38 bis 40 und keinen Beruf. Noch beide Elternteile, mindestens einen Bruder oder eine Schwester neben der angeheirateten Familie. Ferner lebt Bork in geordneten Verhältnissen, das heißt ohne namhafte Schulden, in mindestens drei, höchstens sechs Zimmern mit Einbauküche, Bad und dem üblichen Komfort. Bork macht einmal Ferien im Jahr, in einer Ferienwohnung oder Familienpension, an einem ruhigen Ort, der, einmal für gut befunden, wiederholt aufgesucht wird; gelegentliche Pauschalarrangements, ein Städteflug oder ein Aufenthalt am Meer sind möglich.

Im Durchschnitt besucht Bork sechsmal im Jahr Kulturetablissemente wie Theater, Kino, Kunstausstellungen oder Zoo, kann Bork viermal eine Einladung zum Nachtessen im Bekanntenkreis erwarten, viermal eine Gegeneinladung geben, verbraucht Bork in der angegebenen Zeit einen Lippenstift, einen Büstenhalter und zwölf Deo-Seifen. Trägt Bork ihre Garderobe mindestens drei Jahre und wählt den Tiefkühlschrank vor dem Geschirrspülautomaten. In der Regel liest Bork die Tageszeitung ihres Mannes und Zeitschriften, die an die Frau gerichtet sind, empfindet Politik als schmutziges Männergeschäft, kauft 2½ Bücher, vorzugsweise Sachbuchliteratur, zu Geschenkzwecken, telefoniert lieber als sie schreibt, kocht täglich eine bis zwei Mahlzeiten, schläft einmal in der Woche mit ihrem Mann, der im Angestelltenverhältnis mit einem Jahreseinkommen von höchstens 55 000 Franken rechnen kann.

Bork verwaltet das Haushaltsgeld, finanziert mit dem Taschengeld einmal monatlich den Coiffeur und spricht mit ihrem Mann, bevor sie Einkäufe außerhalb ihres Wirtschaftsbereiches tätigt. Bork besorgt ihren Haushalt allein oder mit einer Stundenfrau, die höchstens vier Stunden wöchentlich von ihr beschäftigt wird. Im Durchschnitt hat Bork zwei Freundinnen aus der Schulzeit und noch flüchtige Bekannte.

Mit dem Heranwachsen der Kinder wird sich Bork voraussichtlich in Frauennachmittagen engagieren, Gymnastikkurse besuchen, Kuchen für Basars herstellen, Schokoladeherzen für gute Zwecke verkaufen, sich vermehrt einer betagten Verwandten zuwenden, Familienfeste und Gedenktage pflegen, die Wohn- und Eßkultur ausbauen, die Karriere ihres Mannes überwachen und ganz allgemein die Familie zusammenhalten.

Ihre Bemühungen werden honoriert. Bork scheint unersetzlich, die Familie braucht Bork, wie sie die Familie braucht. Bork spielt eine Rolle, viele Rollen, Bork ist vielseitig, zeigt so viele Seiten, wie man von Bork weiblich, verheiratet, der Mittelschicht angehörig erwarten kann.

Bork ist die Gattin eines Mannes und die Mutter seiner Kinder. Eine Hausfrau. Ein Heimarbeiter. Ohne Kündigungsrecht, ohne Einkommen, ohne Ferienansprüche, ohne gesetzlich geregelte Arbeitszeit, ohne Zeugnisse, ohne die üblichen Kriterien eines im Arbeitsprozeß Integrierten. Bork ist ein verbriefter Besitz. Ein Roboter. Ein Manager. Ein Parasit. Ein Gebrauchsgegenstand. Ein Faktor. Ein Stoff aus verschiedenen Qualitäten und Farben. Zusammengestückelte Vielfalt. Von allem zu wenig. Im Ganzen verwirrend, aber nützlich, etwas Alltägliches, das sich jeder Mann leisten kann.

Bork ist vielleicht ein künstliches Produkt, das Ergebnis eines langen Prozesses, der mit der Austreibung aus einem Paradies

begann, zum Machtkampf der Geschlechter ausartete, bei dem die Frau als der scheinbar unterlegene Teil vom herrschenden Teil, dem Mann, in Besitz genommen wurde. Als anstelliges Objekt für verschiedene Spiele und Praktiken in einer von Gott oder der Kirche, dem Kaiser oder sonst einer Vaterautorität eingesetzten Ordnung.
Die verheiratete Bork (ohne Beruf) genießt automatisch den Sozialstatus ihres Mannes. Das Potential Bork bleibt ungenutzt und zählt nicht. Solange Bork passiv in ihrer Rolle verharrt, wird ihre Existenz von äußeren Umständen bestimmt. Bork existiert nur indirekt, ich meine jenen Teil von Bork, der bisher unter Bork bekannt ist. Statt Bork könnte X stehen, aber die Dimensionen sind ungeheuer, deshalb bleibe ich bei Bork. Bei einem durchschnittlichen Lebenslauf und Daten, die in der Identitätskarte festgehalten sind. Geboren worden, getauft worden, erzogen worden, berufstätig geworden, geheiratet worden, Mutter geworden. Das ist zu wenig und zu allgemein, um damit auszukommen, Bork muß das wissen, es steht nicht gut um Bork, sie könnte sich verlieren; wenn Bork verlorengeht, was bleibt dann noch von Bork?
Die Zeit drängt. Ich brauche Klarheit über Bork. Ich will, was Bork betrifft, einkreisen und ordnen, Bork orten, aus ihrer Vergangenheit und Gegenwart ermitteln, und aufzeichnen. Vielleicht wird sich Bork sträuben, meine Ermittlungen erschweren, sich entziehen; vielleicht scheitern wir. Vielleicht gibt es Bork nicht mehr. Das Risiko muß ich eingehen, aber ich glaube an Bork.
Ich muß an Bork glauben, wenn sie existieren soll.

I

Ich nenne den Ort, wo ich Bork aufsuchen werde, Bahl. Seine geographische Lage stimmt mit Basel überein. Aber Bahl ist nicht Basel, das zu groß wäre für Bork, Bahl ist der äußerste Kreis um Bork, der mir zugänglich und der beschreibbar ist. Ein Ort, der Bork mit der Heirat zufiel, ein Glied mehr in der Reihe von Zufällen, denen sich Bork bisher überließ.
Das Bahl von Bork beschränkt sich auf eine Adresse, auf ein Milieu, auf einen Lebensraum, wo Bork unter Bork bekannt ist, wo man Bork jederzeit antreffen kann, gestern, heute, morgen auf dem Spielplatz, vor dem Kindergarten, vor der Schule beispielsweise, auf der Promenade (für Hunde verboten), am Kiosk, in den Läden des Viertels.
Ein ruhiger Außenbezirk mit guter Verkehrslage. Einfamilienhäuser wechseln mit zweigeschossigen Mehrfamilienhäusern harmonisch in Grünflächen integriert, gepflegte Anlagen, wohlgeordnet, überschaubar von Zaun zu Zaun.
Wer hier ansässig ist, hat bestimmte Kriterien erfüllt, er ist ganz allgemein gesagt ein braver Bürger, der beruflich und privat in geordneten Verhältnissen lebt, mit sicherem Einkommen genügend solvent, um für die gute Wohnlage aufkommen zu können.
Bork kann zufrieden sein, hier lebt man ruhig, in Sicherheit, hier wird nicht scharf geschossen, gelyncht, gefoltert, massakriert, zerstört. Hier leben keine Kannibalen. Hier gibt es keinen Terror. Keine Rebellion. Die Katastrophen bleiben fern.
Alles hat seinen Standort, seinen festen Platz, die Bäume, die Straßen, die Peitschenleuchten, die Litfaßsäulen, die Bahntrassen, die Häuserzeilen, die Häuser, die Bewohner der Häuser, alles scheint unverrückbar, in gemäße Formen gefroren, konventionell; die Phantasie hat ausgespielt. Das Klima ist zu lau, in Bahl ist die Natur gezähmt, nur ein Attribut, mal mit, mal ohne Blätter.

Von der Haltestelle sind es drei Minuten, ein bequemer Spaziergang durchs Grüne mit Ein- und Mehrfamilienhäusern, die Wege sind asphaltiert und mit Namensschildern, weiß auf blau beschriftet, versehen. Es ist nicht schwer, die Wohnung von Bork zu finden, die Hausnummern sind gut sichtbar und bei Nacht beleuchtet, wer Bork besuchen will, drückt einen der achtzehn Klingelknöpfe neben dem Namensschild Bork, dann öffnet sich die Türe aus Glas in hellem Eichenrahmen mit kurzem Summton, falls Bork zu Hause sein wird, aber vermutlich ist Bork zu Hause, und wer Bork besuchen kommt, geht über graugemaserte quadratisch verlegte Steinfliesen zur Treppe – die Grünbepflanzung in der hinteren Ecke der Eingangshalle wird vom Abwart gepflegt – steigt über fünfzehn Stufen zum ersten Stock, an vier Wohnungstüren mit gläsernen Spionen vorbei, unbeobachtet kommt hier niemand ins Haus, das ist wohl klar, die Verhältnisse, durchwegs geordnete Familienverhältnisse, langjährige Mietverhältnisse sind bekannt, die Schritte hallen im Treppenhaus, und Vorsicht, wenn das Licht ausginge, bevor noch das zweite Stockwerk mit vier Wohnungstüren mit gläsernen Spionen erreicht ist und sich eine der Türen einen Spalt öffnet.

Dreieinhalb Zimmer mit Küche und Bad, TV-Antenne und Telefonsteckdose, keine Gegensprechanlage, kein Lift, die Terrasse mit Morgensonne vom Wohn- und Kinderzimmer begehbar.

Im rechten Blickwinkel eine ruhige Quartierstraße, gegenüber ein Mehrfamilienhaus, dreieinhalb Zimmer mit Küche und Bad und so weiter, dünnwandige Wohnzellen, Einheit an Einheit, fugenlos nebeneinander und übereinander, drei Stockwerke mit je acht gleichförmigen Fensterausschnitten, vier Terrassen, vier eiserne Haken zum Aufhängen der Kleider, vier Terrassentüren, die Eineinhalb-Zimmer-Einheiten unter dem Dach mit Küche und Bad, ohne Balkon.

Zwischen den Häusern eine Grünfläche, Rasen, Plattenwege,

Büsche gegen die Straße, ein Zaun, der die Besitzverhältnisse klärt, Teppichstangen, Stewi-Schirme: bei gutem Wetter mit flatternder Wäsche, bei Glück mit dem Turnus, der alle drei Wochen einen Waschtag beschert. Sonst gibt es Trockenräume, die nach vierundzwanzig Stunden zu räumen sind, um Platz zu machen für den Nächsten, den Mithausbewohner mit den gleichen Rechten und Pflichten, die durch die Hausordnung geregelt sind.
«Im Waschraum sind die Einrichtungen bei Antritt zu kontrollieren, eventuelle Mängel und Defekte sofort zu melden, die Bedienungsvorschriften genau einzuhalten. Bei Defekten, die auf unsachgemäße Behandlung zurückzuführen sind, ist der Betreffende zur Verantwortung zu ziehen. Nach Beendigung müssen Tröge und Maschinen gereinigt, gespült und ausgetrocknet, Vollautomaten mit einem Lösungsmittel behandelt, die Böden gereinigt werden. Alle Anordnungen sind strikte zu befolgen.»
«Das Klettern auf Bäume wird mit Punkt acht untersagt sowie das Betreten des Rasens, das Ballspielen, das Halten von Tieren, das Musizieren von zwölf bis vierzehn Uhr. Laut Punkt neun hat die Nachtruhe um zweiundzwanzig Uhr zu beginnen.»
Solange nichts Gegenteiliges bekannt ist, kann angenommen werden, daß Bork alle Vorschriften beachtet. Bork wird jeden Mithausbewohner grüßen und Bemerkungen, hauptsächlich mit weiblichen Hausinwohnern, austauschen über die Jahreszeit, das Wetter, die Teuerung, über Kinderkrankheiten, Sonderangebote, Speisezettel, Erziehungsbücher, Schulärgernis, Modeströmungen, Generationenprobleme, Fernsehfilme, Familiengeschichten, Blumenpflege und Kalorienbedarf sprechen, abgerundete Sätze ohne Verbindlichkeit, die sich wiederholen wie die Inhalte der Normküchenschränke.
Ich verzichte auf die Geschichten aus dem Mehrfamilienhaus, auf Auskünfte über Bork, die Bork nicht betreffen können, weil jene Bork hier nicht angetroffen werden kann, nicht bekannt

ist, nicht existiert. Daß Bork nachweisbar mehr als zehn Jahre in diesem Haus gewohnt hat, in den erwähnten dreieinhalb Zimmern mit Küche und Bad, ist kein Gegenbeweis.
Ich hätte wissen müssen, daß das Aufsuchen einer Wohnung keine Identifikation mit Bork bringt, daß ich die äußeren Umstände nicht mit Bork gleichsetzen darf, weil Bork davon abhängig ist und die Mechanismen Bork bis zur Unkenntlichkeit verformen können. Verformt haben? Ich muß wissen, wie es um Bork steht, die äußeren Umstände abtragen, den Mechanismus bloßlegen, der Bork befangen macht, die scheinbare Gesetzmäßigkeit widerlegen, in der das weibliche Geschlecht durch Heirat und Mutterschaft seine naturgemäße Erfüllung findet. Ich muß Bork zum Sprechen bringen, sie beschatten, fordern, verunsichern, anprangern, schälen, sezieren, jedes Mittel ist recht, ihre Zerstörung aufzuhalten, die Bork unwissend beschleunigt.

2

Es war gerade Januar. Der gespenstisch lange letzte Monat, eine Kette absurder Pflichten und Verpflichtungen für Bork war Vergangenheit, löste sich in Erinnerungen, zerfiel, zerstob im Januarlicht.
Nur die letzten Rosen hielten sich in den Vorgärten von Bahl, Bork registriert leuchtendes Zitronengelb, blühende Erikabüsche, Knospenballen am immergrünen Rhododendron, während sie in jene behäbige Seitenstraße mit breiten Bürgersteigen biegt, unter städtischen Alleebäumen geht, von Vogelstimmen berieselt die stattlichen Häuser passieren läßt. Die gediegenen Haustüren, die gefegten Garageeinfahrten, die schmiedeeisernen Fenstergitter, die Sicherheit, die Ruhe und Ordnung, ein ausgewogener Dreiklang, für jeden wahrnehmbar, der die Straße passiert. Eine heile Welt, die hinter exakt geschnittenen Hecken

und weiß getünchten Mauern, gegen rauhe Witterungseinflüsse abgesichert, sich gleichbleibend freundlich präsentiert.

Eine Sonntagsstraße, adrett und ruhig, mit dem Bäckerauto in den Morgenstunden, dem Milchauto, den Metzgerlieferungen, dem Gemüsewagen aus dem Elsaß, den vollen Harassen frei Haus.

Bork biegt in einen Vorgarten ein, geht über einen unregelmäßig gepflasterten Hof und schließt die Haustüre eines Eckeinfamilienhauses auf. Bork leert noch den Briefkasten und schiebt die Türe ins Schloß.

Und weiter, was macht Bork, ist sie hier zu Hause? Wird Bork ihren vollen Einkaufskorb in die Küche tragen, die Waren im vorgesehenen Schrankraum verstauen, den Mantel in die Garderobennische hängen, ihre getragenen Schuhe im Regal abstellen, wie gewohnt fünfzehn Stufen höher steigen, in einem der oberen Räume die neuere Ausgehhose mit der älteren wechseln oder ein immer noch modisches Winterkostüm über den Bügel hängen, statt dem Einkaufskorb eine lederne Umhängtasche ablegen, dann war Bork in der Stadt und schält sich aus der Rolle einer sportlich gekleideten Frau, die sich unauffällig ins Straßenbild der City fügt, in der drittgrößten Stadt der Schweiz genügend kreditwürdig scheint, um als Konsumentin ernstgenommen zu werden. Im übrigen die Fachgeschäfte den Selbstbedienungsläden vorzieht, auf persönliche Beratung angewiesen ist, überzeugt werden will und dafür teuer bezahlt.

Vermutlich fehlt es an Übung, vermutlich geht Bork selten in die City, verfügt Bork über keine eigenen Mittel, ist Bork zu labil, hat Bork keine Autorität, überhaupt keine Führungseigenschaften, ist Bork abhängig.

Vorstellbar ist noch Bork, die den Einkaufskorb oder die Umhängtasche abstellt und sich nicht entschließen kann, auszupacken, aufzuräumen, aus den Schuhen schlüpft, den Mantel irgendwo ablegt, Kaffeewasser aufstellt und zum nächsten Les-

baren greift, einem Gratisanzeiger beispielsweise oder dem *Schweizerischen Beobachter,* zu Konsumentenblättern oder einem Prospekt über irgendwelche Lehrmethoden, zum *Spiegel* am Montag, der *Zeit* am Donnerstag, dem TV-Heft oder Kochbuch beispielsweise, eine Unmenge Kaffee kocht, die von Bork nicht getrunken werden kann, eine Unmenge Wörter unterschiedlicher Qualität konsumiert, eine Unmenge Biskuit unterschiedlicher Qualität mit dem Lesebrei vermengt, Körper und Geist unterhält, hastig, unkontrolliert, ein wahlloses Durcheinander, das keinerlei Sättigung bringt, die Leere nicht ausgleichen kann, in der sich Bork traumwandlerisch bewegt, auf Punkte wie Ehefrau und Mutter, Kinder und Küche, Haus und Heim fixiert.
Noch ist nichts sicher, solange Bork schweigt, aber was ist schon sicher, was kann mit Sicherheit gesagt werden, nicht einmal das Wetter stimmt mit den Jahreszeiten überein, eine Identitätskarte verhilft zu keiner Identität, der feste Wohnsitz ist kein Indiz für die Geborgenheit seiner Bewohner, das Heim wird vielleicht zum Kartenhaus oder Sarkophag, mit der Zeit, nichts ist von Dauer, nichts vom Prozeß der Verwesung ausgenommen.
Es ist keineswegs tröstlich zu wissen, daß nur vergänglich ist, was existiert, was nützt dem Taubstummen seine überragende Musikalität, dem Blinden ein Warnschild vor Lebensgefahr. Die Unwissenden, die Sprachlosen, die Defekten, die von Geburt an Beschnittenen sind die Regel.
Bork ist keine Ausnahme, aber ich rebelliere gegen Bork, ich wehre mich gegen die schleichende Krankheit, die wie ein Mahr das Leben aus den Opfern saugt, ich wehre mich gegen den Verlust der Potenz, gegen das Verfahren, das die Geschlechter in starre Formen zwingt, zwischen männlichen und weiblichen Rollen unterscheidet, unterschiedlich zensiert, ihre Naturen mit Vorstellungen behaftet, die, unausrottbar von Generation zu Generation weitergegeben, das Bewußtsein deformieren.

3

Du stehst in der Einbauküche, weiße Kunststoffschränke, rechteckige ziegelrote Wandfliesen, vor der Theke mit Barhockern, schwarze Kunststoffpolster, Chromstahlbeine, und brühst Kaffee auf, der Morgen ist noch nicht fortgeschritten, und es kann noch nicht lange her sein, daß du Kaffee aufgebrüht hast und Tee, und die Milch gewärmt, die Weizenkörner mit Joghurt, frisch geriebenem Apfel und gepreßtem Orangensaft vermengt, dunkles und helles Brot bestrichen hast, das Frühstücksgeschirr von dir aufgedeckt und abgetragen wurde, daß du dich um das Abonnement, den Schlüssel, das Taschentuch, den Turnsack, die passende Krawatte, um Plastiktüten, Pausenäpfel, Schirme, Mützen, offene Garagetore, muntere Worte bemüht hast, noch winkend am Fenster zu sehen warst, bis endlich der Vorhang fiel.
Du bist komisch. Dein Morgenmantel ist zu kurz, zu lang, zu verwaschen, zu grell, zu durchschnittlich, die Geste am Fenster wirkt verbraucht, unecht, demonstrativ, rituell, deine anschließende Lektüre des Morgenblattes beansprucht zuviel Zeit, du bist kein Börsenmakler, kein Gewerkschaftsmitglied, kein Delegierter, kein Experte, kein Heiratswilliger, du brauchst keine Lebensstellung, keine Orientteppiche, du hast kein Parteibuch, keine gewichtige Stimme, du wirst nicht angesprochen, du bist nicht gemeint, deine Meinung interessiert nicht, du vergeudest deine Zeit, läßt sie zwischen Druckbuchstaben versickern, klebst an Mitteilungen, Kommentaren, Berichten, Tabellen, an Nachrichten von draußen, zögerst, verzögerst den Aufbruch in einen gewichtlosen Tag.
Der wechselnde Geräuschpegel eines Mopeds beim Abstoppen, im Leerlauf, beim Anfahren, das prompte Einstecken eines Gratisanzeigers in den Briefkasten hat dich aufgeschreckt, an ein Pensum erinnert, das im Badezimmer beginnt. Du hast dich gebadet und geduscht, dein Körpergewicht festgehalten, Cre-

men aufgetragen, eingerieben gegen Feuchtigkeitsverlust und frühes Altern, Fußpilze, Schrunden, du hast deine Achselhaare entfernt, deine Nägel gefeilt, die Linie der Augenbrauen korrigiert, verschiedene Sprays benutzt, deine Zähne poliert, dein Haar gebürstet und deine Lippen gefärbt, die einschlägige Werbung für die einschlägige Industrie kann zufrieden sein, die Ratgeber von Frauenmagazinen dürfen sich applaudieren, dein Äußeres stimmt mit ihren Geboten soweit überein, daß man dich «als Frau» ernstnehmen kann, du bist appetitlich genug, aber du bist kein Star und keine Dirne, du mußt dich nicht verkaufen können. Trotzdem bist du davon abhängig, wie man dich sieht, soweit dein Äußeres ansprechend ist, wirst du wahrgenommen. Eines Tages wird sich dein Spiegelbild mit tausend Sprüngen überziehen, es sei denn, du hättest vorher den Spiegel zerschlagen und dich von Kriterien befreit, welche Frauen zu Rivalinnen machen, die um männliche Gunstbeweise buhlen; eine Ware, die vermarktet werden muß, um jeden Preis.
Du trankst stehend den Kaffee, schwarzen Kaffee, in hastigen, kleinen Schlucken, er wärmte, es war das einzig Konkrete an diesem Morgen.

4

In der Annahme, daß Bork im Eckhaus einer Sonntagsstraße von Bahl zu Hause ist, werde ich weiterfahren, mich diesem Zuhause von Bork nähern.
Als Örtlichkeit zählt noch die Gartenseite, eingezäunt und nicht weiter beschreibenswert, daran grenzt unmittelbar der Wald, ein schmaler Baumgürtel, der in den Wintermonaten die Sicht auf die nahe Wohnsiedlung freigibt.
Ein Projekt auf verschiedenen Ebenen, gleichförmige Reihenhauszeilen wechseln mit gleichförmigen Hochbauten und Mehrfamilienhäusern, das einheitliche Betongrau von Grünzonen

unterbrochen, eine kleine Stadt auf einem großen Maisfeld entstanden, anfänglich labyrinthisch, aber bald überschaubar, eine Möglichkeit des Zusammenlebens auf knapp bemessenem Raum, eine Siedlergemeinde mit überwiegend jungen Familien, eine neue Zelle im alternden Bahl.
Vom Standort der Bork wird die Siedlung zum Stummfilm, den man beliebig interpretieren kann. Die Akteure laufen durch ihre Betonlandschaft, brechen auf und kommen an, auf Ziele fixiert, die nicht nachvollziehbar sind. – Vielleicht erkältet sich einer, der am kalten Wintermorgen im Bademantel, die nackten Füße in Holzpantinen, zum Hallenbad geht. Vielleicht wird man schwindlig, wenn man vom zwölften Stock durch seine gläserne Aussichtswand sieht. Vielleicht würden die Kleinkinder, die Stockwerk über Stockwerk in ihren Zimmern spielen, lieber zusammengehen. Vielleicht gibt es noch wichtigere Fragen, die gemeinsam zu beantworten wären?
Die Antworten bleiben aus, jeder lebt in seinen Grenzen von Raum und Zeit, erlebt eine von vielen Geschichten und verschließt seine Erfahrungen, kapselt sich in seiner Zelle ab. Es ist nicht üblich, aus dem Fenster zu schreien, die normale Kommunikation bleibt im konventionellen Rahmen, auf die Frage «wie geht es?» folgt das «danke, gut» automatisch.
Vom Standort der Bork ist die Siedlung eine Hügellandschaft, die die Sicht beschränkt, aus der die Wohntürme nachts als hellerleuchtete Gipfel ragen, abstrakte Riesen, schön und fern.
Sobald die Bäume wieder Blätter treiben, schließt sich der Wald, eine grünschattierte Wand mit Vogelstimmen, die frühe Schatten in die Gärtchen der Anrainer wirft und die Sicht auf die Siedlung verdeckt; von diesem Standort hat die Siedlung und ihre Bewohner in der schönen Jahreszeit zu existieren aufgehört.

Damals schien es leicht. Als der Leichenzug durchs Dorf kam, gemessenen Schritts, der Pfarrer und seine Gehilfen, die Honoratioren, vermutlich war der Tote einer der Ihren, die Leidtragenden mit gebührendem Trauerflor, die Blaskapelle, ihre getragenen Weisen der Zeremonie angepaßt und das Volk, Neugierige, die vom Schauspiel gerührt in weiße Schnupftücher heulten, eigene Mühsal einfließen ließen, eine Generalreinigung, die sie läuterte, vorübergehend von existentieller Not befreite, durch den Tod, der Honoratioren nicht ausläßt, sie unwiderruflich behaftet, auslöscht, wenn ihre Stunde geschlagen hat. – Damals schien es leicht. Das Kind hörte die Blaskapelle spielen und ging vor die Haustüre, sah den langen festlichen Zug und begann sich nach den Weisen zu wiegen, übte sich in kleinen Tanzschritten, seine Schürze gerafft, hin und her auf der steinernen Treppe zum Haus, eine Drehung, ein Lächeln, das ansteckend war und die Hingabe an die Trauer minderte, bis schließlich das Gleichmaß durchbrochen, unangemessene Unruhe die Würde des Leichenzuges bedrängte, peinliche Augenblicke von Heiterkeit, die der Mutter des Kindes, die hinter weißen Gardinen beobachtend stand, nicht entgehen konnte, so daß sie das Kind hastig ins dämmrige Haus zog, wo es hingehörte. –
Aber so oft das Kind nach draußen drängte, schob es mit ganzer Kraft die schwere Haustüre auf und dehnte sein Zuhause von einem Ende des Dorfes zum anderen und weiter bis zur Bahnstation, die außerhalb gelegen war, verkehrte beim Bader, beim Apotheker, beim Gerber, beim Tierarzt, hatte ebenso viele Väter und Mütter und Scharen von Spielgefährten und trank mit Vorliebe seinen Tee aus den blaugemusterten Teeschalen der Lehrersfamilie, während von Madame die *Träumerei* gespielt wurde. Zahlreiche Läuse und die anhaltende Schwärmerei für den Namen Eugénie sowie für Klaviersonaten waren

keine Beeinträchtigung für die Entwicklung des Kindes.
Aber der Tag, wo das Kind von einem langen Streifzug heimkommen wollte und nichts mehr vorfand, was ein Zuhause einschließt, die Räume lagen leer, kein Stuhl, kein Tisch, kein Bett, kein Plüschlöwe, der das Kind vor seiner Verlorenheit bewahrt hätte. Das Kind kauerte sich neben den eisernen Herd, den einzigen vertrauten Gegenstand, der ihm geblieben war, und weinte verzweifelt, und alle Erklärungen kamen zu spät. Der Verlust war endgültig und der vollzogene Umzug in die Großstadt nur noch die Bestätigung seines Verlustes.
Dort blieb die Wohnungstüre mit einer Kette verhängt. Die Grünfläche war ein Platz zum Wäschetrocknen oder Teppichklopfen, und der Schnee lag als Leichentuch, das nicht betreten werden durfte. Auch das Ballspielen im Hof wurde bald unterbunden, das Kind den Verhältnissen angepaßt, sein Freiraum eingeengt.
Vom Erkerfenster der Mansardenwohnung konnte man den Eingang überschauen, die schmiedeeiserne Tür, die das Grundstück zur Straße abschloß, sich quietschend in den Angeln bewegte, wenn ein Besucher kam, die Steinstufen erstieg und über den Pflasterhof zur Haustüre ging. Lange Zeit hockte das Kind auf dem Erkertisch am Fenster und erwartete seine Freunde aus dem Dorf, die es zurückholen würden, aber die Zeit verstrich. Das Kind begann sich in den stillen Winkeln und dämmrigen Nischen der Wohnung einzurichten, hier konnte es mit seinen abwesenden Freunden sprechen, noch über die eigenen Späße lachen.

6

Die Konturen sind genügend erkennbar, aber wie läuft es, was macht Bork, was macht eine Frau, die weder Arbeitgeber noch Arbeitnehmer ist, was macht sie den ganzen Tag, die Monate

und Jahre, die frei verfügbar scheinen, welche Möglichkeiten bleiben dir, Bork, im Rahmen einer Kleinfamilie?
Nach dem ersten Kind war es selbstverständlich, daß du deine Beamtenlaufbahn mit der Rolle einer Hausfrau vertauscht hast. Es war normal. Wer unter der Haube saß und den Beweis seiner Gebärfähigkeit erbringen konnte, wurde von der Minderheit, die es noch nicht geschafft hatte, beneidet.
Du nahmst einen Weg, den Generationen gegangen sind, auch deine Großmütter, die beide mehr als zehn Kinder geboren und großgezogen haben, des Segens der Kirche und des Kaisers gewiß, brave Frauen, Gebärmaschinen, Arbeitstiere, Autoritätsgläubige, deine Mutter, deine Schwiegermutter, beider Leben vom Patriarchat geprägt, vom freiwilligen Verzicht auf primäre Rechte, auch aus ökonomischen Gründen, die ihnen soviel Unabhängigkeit gebracht hätte, wie ein Mensch zur Selbstachtung braucht. Und nun warst du auf dem vorgezeichneten Weg, eine von vielen, die verheiratet den Haushalt besorgen und Kinder erziehen, eine verantwortungsvolle Aufgabe nach bestem Wissen erfüllen. Es hat prächtig funktioniert. Das Parkett war gepflegt, die Fenster blank, die Teppiche geklopft, keinerlei Unordnung, zwei muntere Kinder, wie man so sagt, hast du dich selbst übertroffen. Ehrgeizig und pflichtbewußt mußtest du etwas tun, tätig sein, du hast dich angetrieben, erbarmungslos Termine gesetzt, ohne Rücksicht auf Hitze- oder Kältewellen oder eigenes Unbehagen das Programm durchgezogen, ebenso systematisch Kochbücher gelesen wie Babies gepflegt und über Jahre das Haushalten zur Perfektion getrieben, warum, was mußtest du beweisen, wer sollte applaudieren?
Dein bemühendes Werben war nicht erfolglos, aber der Einsatz zu groß, gib es zu, deine Aktivitäten waren leider übertrieben und fehl am Platz.
Du wirst mir entgegenhalten, daß unser Problem vielschichtiger und nicht Hausfrau gleich Hausfrau sei, daß ihre Persönlichkeit, ihre Umwelt und ihre soziale Stellung die Rolle einer

Hausfrau beeinflussen. Wenn du damit sagen willst, daß Hausfrauen der unteren Schicht im Vergleich mit den Hausfrauen der Oberschicht benachteiligt sind, hast du nur bedingt recht. Trotz gravierender Unterschiede bleibt die gleiche Abhängigkeit vom Mann und von seiner durch ihn repräsentierten gesellschaftlichen Stellung. Der Selbstwert steigt nicht mit dem Preis, für den du deine Haut zu Markte getragen hast. Der Unterschied zwischen einem goldenen und einem gewöhnlichen Käfig liegt in der Optik. Wenn eine Privilegierte sich von groben Arbeiten durch die bezahlte Hilfe einer weniger Privilegierten befreien kann, gewinnt sie mehr Komfort, aber nicht mehr Freiheit; während die weniger Privilegierte durch den Lohn ihrer Arbeit aufgewertet scheint. Die freie Zeit, die sich die Privilegierte mit (unverdientem) Geld erkaufen kann, vergrößert das Vakuum, das sie mit Aktivitäten ausfüllen muß, wenn sie nicht an Substanz verlieren will.

Das Feld der Möglichkeiten ist groß. Ob man im Zweitwagen zum zweiten Wohnsitz fährt, auf dem Flug- oder Golf- oder Tennisplatz wie zu Hause ist, im Supermarkt oder im Jachthafen, im Kaffeehaus oder im öffentlichen Schwimmbad, ob man Sonderangebote sammelt oder Modellhüte oder Trachtenpuppen oder Freundinnen oder Statussymbole oder Kochrezepte, sich einen Liebhaber hält oder Wollenes strickt oder am Gesellschaftskarussell dreht, wie die Hexe seinen Hänsel mästet oder seine Kinder auf Erfolgskurs trimmt, ob man ein Drohnenleben führt oder sich in der Familienmühle zerreiben läßt: die Leere wird größer. Das Gefühl von Schattenleben, am Wesentlichen vorbeizuleben, nicht teilhaben können, teilhaftig werden, in einem Hohlraum zu schwimmen, der, hermetisch geschlossen, keine Regung und keinen Laut freigibt. –

Der Ausstieg aus dem traditionellen Rollenspiel der Frau setzt die Veränderbarkeit ihres Bewußtseins voraus. Die Distanz zu sich bringt ihr die Freiheit, sich mit ihrer weiblichen Rolle auseinanderzusetzen. Übereinzustimmen hieße Selbstverständ-

nis und Identifikation, man ist und spielt nicht nur; abzulehnen und neu zu interpretieren hieße sich von Bewährtem zu lösen und Neuland zu suchen, auch wenn es die Gefahr des Scheiterns einbezieht.
Zwei entgegengesetzte Richtungen und ein Ziel «Selbstverwirklichung», das ohne die Annahme durch die Gesellschaft, utopisch bleibt.
Nun, wie steht es bei dir? Was hast du für dich getan, wenn man vom obligatorischen Pensum einer Frau in der Kleinfamilie absieht, was hast du aus deiner Zeit gemacht, was ist aus dir geworden, was bist du im Augenblick? In welcher Form existierst du, wenn ich dir deinen Standort entziehe, deinen Mann und deine Kinder, das Haus und die Dinge, die von dir gepflegt werden, was bist du außerdem wert? Gibt es jemanden, der dich ohne Mann, Kinder, Haus, Dinge bemerkenswert fände? Sonst, fürchte ich, bist du ein Fossil mehr.

7

Das Kind kauerte auf einem steinernen Fenstersims und schaute in den sonnigen Garten, der hinter dem Maschenzaun lag. Auf englischen Rasen mit alten Baumgruppen, auf geharkte Kieswege, die wie helle Schlangen im satten Grün verliefen, einen Gärtner, der mit Filzhut und grüner Schürze zwischen Blumen- und Obstrabatten hantierte, auf den Springbrunnen, der gischtige Fontänen regnen ließ; vielleicht auf die Behausung vom Froschkönig, dann fehlte die Prinzessin, die spielend die Freitreppe vom Herrschaftshaus hinunterläuft mit goldenem Ball und goldenem langem Haar. Das Kind war dunkelhaarig und wurde gelegentlich «Schwarze» gerufen. Goldene Haare und ein Gärtnerhaus und weiße Gartenmöbel und die Damen, die gerade im Schatten der Birken serviert bekamen, Tee oder Eisgekühltes oder glänzende Eiskugeln. Das Kind spürte das Aroma

von Vanille auf seiner Zunge und beschloß, eines Tages auf hochhackigen Schuhen zu gehen wie die Damen im Garten, die nur in ihre Hände zu klatschen brauchten oder einen Klingelknopf zu drücken oder unter großen Hüten ein Lächeln zu verschenken, um zu bekommen, was sie wünschten, unbedingt.
Das Kind stand auf dem steinernen Fenstersims, machte einen Schritt gegen den Garten und breitete die Arme aus, ein junger Vogel, der das Fliegen proben will und den Maschenzaun überfliegt. Das Kind wurde heftig auf den Boden gestellt, auch die Sonne hätte es besser gemieden, seine Nase war mit Sommersprossen braun gesprenkelt.
Später, neunzehnhundertvierundvierzig genau, erreichte der globale Krieg, der neununddreißig mit dem Polen-Feldzug begonnen hatte, die süddeutsche Stadt. In einer klaren kalten Februarnacht legten die Bomberstaffeln der Alliierten einen dichten Bombenteppich auf die Stadt, er löste ein Inferno aus.
Als die Sirenen zu warnen begannen, ihr auf- und abschwellender Heulton die Schlafenden aus den Betten holte, zog das Kind einen Trainingsanzug über und ging, wie schon Nächte vorher, mit der Mutter und den anderen Hausbewohnern, alle weiblichen Geschlechts, in den Keller mit Notausstieg.
Das Nagen des Hundebastards, der seine Zähne am Holzscheit schärfte, ab und zu seinen Kopf hob und leise winselte, war das einzige Geräusch. Bis das Dröhnen der Bomber bedrohlich den Raum füllte. Dann die ersten Einschläge, von krachenden Detonationen gefolgt, noch meßbar, aber rasch anschwellend zu einem gewaltigen Bombenhagel, der unheimlich näherrückte, daß jene Frau Amtmann, die das Ballspielen im Sommer und das Schneeballen im Winter nicht leiden mochte, panisch das Kind umklammert hielt, der Hund zu heulen begann, während das Haus getroffen an mehreren Orten gleichzeitig zu brennen anfing.
Das Feuer durchlief die weiträumige Mansardenwohnung, fraß sich durch Eichenholz und verblichenen Plüsch, glitt über po-

lierte Böden in die Spielwinkel des Kindes, in seine Geschichten, in seine Geschichtenbücher, fand in den gebündelten Stößen des *Völkischen Beobachters* reichlich Nahrung, kroch in den für gewöhnlich aufgerollten Chinateppich der guten Stube, in die säuberlich gestapelte und mit Seidenbändern versehene Wäsche der Hausfrau, über Aquarelle und Kohlezeichnungen, den Mann mit schwarzem langem Bart und Kohleaugen, den das Kind mit «Rübezahl» gerufen hat, bis er aus seinem schwarzen Rahmen brach und das Kind durch den dämmrigen Gang in die helle Küche floh.
Der Morgen blieb dunkel. In den Rauchballen, die ein riesiger Feuerpilz ausstieß, verglühte die Sonne. Der Brandwind trieb rote Funken über die Stätten der Zerstörung; an der Erinnerung haftet Brandgeruch.
Das Kind kauerte im wuchtigen schwarzledernen Sessel, zum erstenmal im Herrschaftshaus, das vom Feuerschein des brennenden Nachbarhauses soweit erhellt war, daß das Kind die Schönheit des Raumes wahrnehmen konnte. Seine geschnitzte Decke, die Harmonie der Stilschränke, den Orientteppich, der im Licht des starken Feuers an Lebendigkeit gewann, sich in Farben und Formen zu verändern schien, daß das Kind sicher war, es könnte die Ornamente herausbrechen, wenn es wollte.
Mit der gleichen Hingabe sah es aus dem Herrenzimmer zum Brand, der die Familie des Kindes heimatlos machte, sah die Flammenbündel ausschlagen, um die Fensterläden des Erdgeschosses kräuseln, winden, verbeißen und aufschießen, hohe gelbe Garben, die schließlich über dem Dach zusammenschlugen.
Das Kind sah auf das Schauspiel, hier und dort faszinierend, schön und einmalig für das Kind, mehr eine tiefe Befriedigung, das Gefühl, bevorzugt worden zu sein. Das Kind hätte nicht erklären können, warum es keine Trauer spürte und keine Angst, sich wie befreit fühlte, vielleicht lag im Chaos die Hoffnung auf Veränderung.

Ohne Furcht ging es durch das Viertel zum Bäckerladen, seinen bekannten Weg, der diesmal mit Glasscherben bedeckt war und mit Trümmern aus zerstörten Häusern, auch der Bäckerladen existierte nicht mehr, aber das Kind brauchte das Brot, aus der Obhut entwichen, wollte es den Mangel an Brot beheben, mit einem großen Laib Brot zurückkommen wie jeden Tag. Es lief schneller durch die Anlage, während der Funkenregen vom brennenden Justizgebäude und dem Neuen Stadttheater durch die kahlen Äste stieb, der Rauch in seinen Augen biß, es suchte einen Bäcker auf, den es in Erinnerung hatte, dort lag reihenweise Brot in den Regalen – Plünderer wurden standrechtlich erschossen – die Eingangstüre war vom Luftdruck aus den Angeln gehoben, das Schaufenster lag zersplittert, man brauchte nur zuzugreifen, die Brote aus der dunklen, aber heilen Höhle herauszuholen und beladen, mit klammen Fingern die Brote umfaßt, nach Hause zu gehen oder dorthin, wo man für Stunden untergekommen war.
Nachrichten liefen durch die Stadt, gingen durch die Auffanglager in den Schulen, von Mund zu Mund der verschont Gebliebenen, die auf der Suche nach ihren Angehörigen, nach Verwandten und Freunden unterwegs waren, mit aufgepackten Fahrrädern und Leiterwagen scharenweise stadtauswärts zogen und den Exitus der Stadt beschleunigten. Nachrichten, die in Flugblättern standen, über einen neuen Fliegerangriff, bei dem kein Stein auf dem anderen bleiben würde.
Das Kind wurde von der Mutter an einen Vorortsbahnhof gebracht, wo eine Menschenmasse das Einlaufen des Zuges erwartete, der sie aus der gefährdeten Zone ins unversehrte Hinterland evakuieren sollte. Das Kind fand mit einem kleinen Koffer, der eine Briefmarkensammlung barg, auf einer schmalen eisernen Plattform seinen Platz und winkte gewohnheitsmäßig, als der überfüllte Zug im Schrittempo anrollte, den Bahnsteig mit den Zurückbleibenden verließ. Es war kalt. Die Menschentrauben auf den Trittbrettern überzogen sich lang-

sam mit Reif, das Kind, mit Trainingsanzug und Lodenmantel bekleidet, spürte die scharfe Kälte als Schmerz. Im Fünfzehn-Kilometer-Tempo zog die schwäbisch-bayrische Hochebene vorbei, eintöniges Weiß, das sich im Winterhimmel verlief, aufflatternde Raben, deren Krächzen die Monotonie der rollenden Räder störte, über dem Wiesen- und Ackerland eine geschlossene Schneedecke, Schneehauben auf Zwiebeltürmen, Schornsteinen, Scheunendächern, Zäunen, gefrorene Bäche, erstarrte Wälder. Bald kam die Dämmerung. Und dann die Nacht, mondhell mit Sternen übersät. An jeder Haltestelle bröckelte ein Teil der Menschentrauben vom Trittbrett, lösten sich einzelne aus der gewaltsam verkeilten Menge im Wageninnern, schoben sich mit Koffern und Schachteln kräftig stoßend zum Ausgang und verschwanden. Das Kind wurde allmählich in den Wagen geschoben, die Briefmarkensammlung ging verloren. Das Zugabteil war warm. Als das Kind aussteigen mußte, war es nicht angekommen. Der Bauernhof der Verwandten lag vier Kilometer entfernt. Es machte sich auf den Weg, allein und ohne Gepäck, und sang gegen die Kälte der Nacht.

8

Man muß Bork nachgegangen sein und das Bahl von Bork erfahren haben, um die Öde ihrer Landschaft zu erkennen.
Bork verläßt nicht täglich das Haus. Wenn Bork das Haus verläßt, bleibt sie gewöhnlich im Umkreis von dreihundertfünfzig Metern. In diesem Bereich kann sie sich mit allen Arten von Lebensmitteln versorgen, die Polizei antreffen, die Post aufsuchen, die Apotheke oder eine Drogerie, Antiquitäten kaufen oder Elektroartikel oder einen Blumenstrauß oder Kurzwaren oder am Kiosk das Neueste erstehen, je nach Bedarf kann Bork einen Herren- oder einen Damensalon betreten, einen praktischen Arzt oder einen Facharzt konsultieren, in

eine evangelische oder in eine katholische Kirche gehen, durch die Parkpromenade laufen, in die Primarschule gehen oder in den Kindergarten, oder am Aussichtsfenster des Savoy einen Kaffee trinken wie die Spaziergänger von der Stadt, meist Grauhaarige im Rentneralter, wer hat schon Zeit mitten am Tag, die Alten und Ausrangierten und Frauen mit Kinderwagen, mit Kleinkindern, mit Hunden, mit einem Einkaufskorb als Alibi, trifft man sie ohne Eile vor den Läden, auf den Promenaden an.

Das Essen sei nicht besonders im Savoy, aber Bork würde ohnehin nicht dort essen oder etwas trinken gehen, Bork liest den Aushang der Speisenkarte, bevor sie in ihre Straße biegt, oder sieht im Vorbeiweg die essenden und trinkenden Köpfe am Aussichtsfenster, sieht sie rauchen, sprechen, in der warmen Jahreszeit im Wirtsgarten unter Kastanien. Der Garten ist nicht sonderlich gepflegt, sein Zaun hat Lücken, verfällt, was auffällt in dieser Gegend, nachts beleuchten Glühbirnenschnüre den Eingang, die Straßenbahn hält direkt vor dem Haus, manche steigen aus und kehren ein, als wären sie des Savoys wegen nach Bahl gekommen oder wegen dem Gewächshaus, das auf einer den Gästen unzugänglichen Terrasse zu sehen ist oder wegen der Fische im Glaskasten beim Eingang, ein Schwarm dunkler Fischleiber in der Bassinecke, wo frisches Wasser perlt; Bork läßt das Savoy und biegt ein.

Es dauert nie lange, dann ist Bork angekommen, hat Bork ihre kleinen Besorgungen gemacht, was man zu Fuß im Umkreis von dreihundertfünfzig Metern erreichen kann – ausgenommen am Freitag, wo Bork den Supermarkt aufsucht oder wenn Bork die Straßenbahn in die Stadt nimmt – ist Bork anzutreffen und öffnet die Haustüre prompt. Gewöhnlich ist es der Briefträger oder der Milchmann oder ein Ausfahrer oder je nach Saison einer, der den Rasenmäher schleifen oder den Kamin kehren möchte, eine Kartoffelernte verkaufen will oder Grapefruits zugunsten eines Kibbuz oder sonst eine Kollekte für ir-

gendeinen Zweck einzieht oder mit dem Wort Jesus hausieren geht oder mit der Angst vor dem Ende kalkuliert oder die Meinung von Bork über ein neues Maggiprodukt für statistische Zwecke braucht oder die Pflege von Spannteppichen demonstriert.
Gewöhnlich ist es nicht schwer, mit Bork ins Gespräch zu kommen, Bork scheint gleichbleibend freundlich, sie plaudert mit dem Briefträger kurz über das Wetter, das man nehmen muß, wie es kommt, auch die Arbeitsbedingungen, nicht wahr, andererseits die angenehme Gegend, nette Leute, seit Jahren kennt man sich, Ausnahmen gibt es natürlich, aber im großen und ganzen dürfen wir zufrieden sein.
Auch der Kaminfegermeister ist stolz auf das Erreichte, es wurde ihm nichts geschenkt, genauso wie den anderen elf aus seiner Familie, aber aus allen ist was Rechtes geworden, ein Bruder hat es bis zum Direktor gebracht, aber das spielt keine Rolle, man trifft sich alle Jahre, sitzt zusammen, die Geschwister mit ihren Familien, da hat noch nie eins gefehlt, als die Mutter an Knochentumor gestorben war, haben die Söhne die Dreißigtausend an Krankenhauskosten beglichen, jeder wie er konnte, und es wurde eine schöne Beerdigung, auch das Geld, das die kinderreiche Familie einst von der Gemeinde zugestanden bekam, wurde freiwillig zurückbezahlt bis auf den letzten Rappen, jetzt sind sie keine Armenhäusler mehr, jetzt werden sie in der Liste der Gönner geführt, es war eine harte Zeit, als das elfte Kind geboren wurde, sagte einer der Bauern: «Man sollte den Gofen packen, wenn er herausrutscht und an die Ecke der Bettstatt schlagen, bis sich nichts mehr rührt.» Wer aus einer kinderreichen Familie stammt, ist bedient, da kann der Pfarrer lange predigen, der Meister mußte als Hütebub gehen, eine Lehre zu absolvieren, war erst möglich, als der Jüngere an der Reihe war und mitverdienen konnte. Geschadet habe es nicht, und in die Kirche käme er ab und zu, nur von der Entwicklungshilfe könne er nichts hören und von unver-

schuldet in Not Geratenen, man muß sich rechtzeitig vorsehen, dann läuft es, eine gewisse Disziplin braucht der Mensch, und das begänne schon in der Familie.

Weshalb engagiert sich Bork bei diesen Geschichten und hört mit voller Aufmerksamkeit, was ein Kaminfegermeister über seine Ehe mit einer Krankenschwester zu sagen weiß, über Familie, Freunde, Beruf, seine doppelte Buchführung und seine Beziehung zur Kunst, als wenn Bork nichts anderes zu tun hätte. Ist Bork neugierig oder zu ungeschickt, um im passenden Augenblick abzubrechen? Zwischen Tür und Angel geht Bork auf die verschiedenen Belange ein, und wenn sie endlich die Türe schließt, kann sie noch nicht aufhören, setzt den Dialog fort und steigert sich, als wenn sie den Beweis erbringen müßte, daß sie genügend informiert sei, um Konkretes beizutragen zum Leben eines Hütebuben im katholischen Dorf oder zu Bibelsprüchen oder zu Maggiprodukten, daß sie keinesfalls hinter dem Mond lebe oder mit einem Brett vor dem Kopf, eher zufällig hier anzutreffen wäre, im Grunde gar nicht Bork sei, aber was dann zum Teufel? Solange Bork nicht das Gegenteil beweisen kann, ist Bork mit der Hausfrau identisch, die in einem Eckeinfamilienhaus von Bahl die Haustüre zu öffnen pflegt, für gewöhnlich zu sprechen ist und die Haustür wieder schließt.

Für gewöhnlich wird Bork enttäuscht. Von der Gewichtlosigkeit der Begegnungen. Vom nichtssagenden Inhalt des Briefkastens. Von stereotypen Worten. Von Schablonenfiguren. Von der Leere, die sie bei Bork hinterlassen, wenn sie die Türe schließt, eingeschlossen ist, unausweichliche Leere, in die Geräusche fallen, das entfernte Dröhnen eines Linienflugzeuges, Automotoren, Kirchenglocken, Hundegebell, ohne Bork zu erreichen, die häuslichen Beschäftigungen nachgeht, regelmäßig anfallende Arbeiten eines Vier-Personen-Haushalts regelmäßig verrichtet, ein fortwährender Kreislauf ohne Anfang und Ende, der von der Substanz der Bork gespeist wird.

Bork muß wissen, daß sie an diesem Standort nichts Außergewöhnliches zu erwarten hat, daß alles fixiert ist, der Name, die Adresse, der Stand, das Verhältnis zwischen den Familienmitgliedern, daß die Beziehungen zu draußen nach Regeln verlaufen, daß Wände unverrückbar sind und das Mobiliar, massive Erbstücke in Kirschbaum, noch Generationen überdauern wird, auf was wartet also Bork, wenn sie die Haustüre öffnet, auf ein Wunder oder sonst etwas Irreales, dann müßte Bork imstande sein zu träumen. Die Wirklichkeit mit Träumen zu beleben, die Wände zu umgehen, Bork wären keine Grenzen gesetzt: statt der Allee riesige Affenbrotbäume vor dem Fenster, die Sonntagsstraße ein Dschungelpfad mit kreischenden Affen und giftigen Schlangen beispielsweise, mehr Risiko und weniger Sicherheit, eine Haustüre, die gegen jede Vernunft offen bleibt, und eine Küche, die übervölkert ist von irgendeinem Zirkus, Zirkel, etwas, das die Dimensionen zu verändern vermag, so daß die Töpfe auf dem Herd, die Barhocker, die Schrankwände, die chromblitzenden Hahnen und Knöpfe nicht mehr in riesigen Ausmaßen die Küche beherrschen; Bork würde weniger verloren sein.
Aber Bork fährt nicht ins Blaue, Bork nimmt ab und zu die Straßenbahn in die City, wenn genügend Gläser zerschlagen sind oder die Garderobe ergänzt werden muß, wenn eine Uhr das Reparieren braucht, ein Geburtstag oder sonst ein kalendarisches Ereignis bevorsteht, fährt Bork in die City, nicht ohne alle Familienmitglieder über den Zweck des Ausflugs und die voraussichtliche Dauer ihrer Abwesenheit informiert zu haben. Bork sagt: ich bin um zehn beim Zahnarzt bestellt, aber zum Mittagessen zurück, oder ich bin mehr als vier Wochen nicht beim Coiffeur gewesen, im Kühlschrank steht das Essen bereit. Wenn Bork in die City fährt, hat sie eine Liste der einzukaufenden Gegenstände beziehungsweise der entsprechenden Geschäfte erstellt, die gleichzeitig ihre Route festlegt.
Wenn Bork in die City fährt, sitzen Hausfrauen in der Straßen-

bahn, Rentner oder Pensionierte, Arbeitsunfähige, Arbeitslose vielleicht, Bork kann ihren Platz wählen, sie hat keinen festen Platz, mustert beim Einsteigen gewohnheitsmäßig die Fahrgäste und nimmt einen Fensterplatz ein. Bork starrt durchs Fenster, Bork läßt sich während der Fahrt kein Detail entgehen, Bork sieht schneeweiße Kissen am offenen Fenster, einen Flaumer, der ausgeschüttelt, ein Fenster, das geputzt, eine Zigarette, die schon geraucht wird, Bork liest im Vorbeifahren die Sonderangebote, sieht die ausgestellten Waren vor den Geschäften und in den Schaufenstern, einen Elsässer Gemüsekarren und die hellen Schienenstränge unter der Eisenbahnbrücke, schwarze Zugdächer in der Morgensonne, eine unwirklich kalte weiße Sonne. Bork sitzt aufrecht und starrt nach draußen, läßt die Stationen passieren, eine Ewigkeit schon wird Bork gefahren, wechselnde Ausblicke bei wechselnden Jahreszeiten, Bork hat das Gefühl eines Reisenden hinter Glas, der ohne sein Dazutun befördert wird, von Jahr zu Jahr in Untätigkeit verharrt.

9

Es muß ein Samstag gewesen sein, erinnere dich, die Hausmeisterin stand mit einem Besen vor dem Mehrfamilienhaus, es war die Zeit, wo man den Briefkasten leert, den Milchmann erwartet und schnell in den Selbstbedienungsladen läuft, stand die Hausmeisterin plaudernd vor dem Eingang mit zwei Mieterinnen, ein harmonisches Dreigespann im Alter von einhundertvierzig Jahren, du warst in der Eingangshalle: graugemaserte polierte Steinfliesen, quadratisch verlegt, eine Ecke mit Grünbepflanzung, du erinnerst dich an die gläserne Wand, die Glastüre in hellem Eichenrahmen, die sich geräuschlos schloß, abschloß, dich einschloß, in diesem Augenblick begann die Hausmeisterin zu lachen, ein ansteckendes Lachen, prompt lachten

die drei, es war alles ablesbar, ein Bild ohne Ton, eine Pantomime, ein Straßentheater mit lachenden Mimen, was aus ihren Mäulern sprang, konnte dir gleichgültig sein, es war immer das Gleiche in Variationen, gib zu, daß du mitgeplaudert hast, bis du nichts mehr verstehen konntest, wie durch die Glaswand von ihren Worten getrennt warst und keine Annäherung, keine Verständigung mehr möglich gewesen wäre, wenn sie plaudernd beisammen standen, auf ihren Terrassen ihren Nachmittagskaffee einnahmen, hinter üppigem Blumenflor versteckt ihre Musterungen vornahmen; Geraniendamen nanntest du sie. –
Trotzdem ist Bork des öfteren am Fenster zu sehen. Vermutlich könnte sie Auskunft geben über ein- und ausgehende Personen oder Lieferungen, ob der Paketpostwagen diesmal ohne Anhalten passiert war und die dunkelhaarige Stundenfrau den gegenüberliegenden Garagenhof mit Wasser geschwemmt hat, Herr Studer mit dem Sonntags- oder dem Werktagsauto ins Geschäft gefahren war, die Dame mit dem blinden Pudel vorbeigekommen war, Herr Golda seine Spazierrunde absolviert hat und Frau Gerber ein drittes oder viertes Mal in ihren Zweitwagen gestiegen war.
Es ist enttäuschend, Bork benimmt sich wie eine Geraniendame, solange sie die Rolle praktiziert, ist sie eine Geraniendame und wird pauschal als Frau, die mehr oder weniger brach liegt, gesehen.
Bork sollte dagegen steuern. Sich verweigern, von der Schablone Bork lösen. Aber Bork läuft zum Coiffeur, Bork braucht eine kleidsame Frisur für ihre Selbstsicherheit. Bork braucht eine junge Mode und ein Idealgewicht. Bork macht sich für jeden Auftritt als Gattin von Bork sorgfältig zurecht. Offenbar beschränkt sich ihr Ehrgeiz auf diese Rolle. Ich wünsche mir mehr Unbehagen bei Bork. –
Es ist denkbar, daß sie eines Abends mit frischlackierten Nägeln auf dem Beifahrersitz Platz nimmt und ihrem regelmäßigen

Auftritt als Gattin von Bork entgegenfährt, gefahren wird, einen neonhellen kilometerlangen Tunnel, bei einer Geschwindigkeit von sechzig Stundenkilometern, passiert, Auto hinter Auto, am Freitagabend, die Männer am Steuer, die Frauen gepflegt wie Bork, daß sie ein starkes Unbehagen verspürt, den Sicherheitsgurt lösen und mitten in der Betonröhre aussteigen, abspringen möchte, um etwas aufzuhalten, aber was? Nicht die geordnete Kolonne, die Fahrer mit Beifahrerinnen und deren Ziele müssen Bork gleichgültig sein, ebenso der Wechsel aus der Dunkelheit in den taghellen Tunnel, seine Betonmauern gleiten vorbei, bald wird es wieder dunkel sein, Nacht, dann Tag im Wechsel, und die Zeit, die verfügbare Zeit, geht unaufhaltsam und lautlos vorbei, ohne Bork zu berühren.

Auch der Augenblick ihrer Verunsicherung, und Bork verlebte noch einen ganz netten Abend bei netten Leuten, natürlich ein Ehepaar, zwei Kleinkinder, eine Katze, ein Haus, ein großzügiges Haus in schöner Aussichtslage, man tritt ein, legt ab und kommt, ein paar Stufen höher, in den Wohnraum, wo das Kaminfeuer knisternd Behaglichkeit verbreitet, helle Funken versprüht, die kognakfarbenen Sitzmöbel stehen unter dem Aussichtsfenster, Bork begrüßt die Kinder und fragt nach dem Namen der Katze, Bork bewundert die exotischen Pflanzen hinter zimmerhohen Schauglaswänden und erhofft eine Riesenschildkröte oder einen Pfau, der in diesem botanischen Glashaus ein prächtiges Rad schlagen wird. Bork wird noch vor dem Aperitif durch das Haus geführt, sie scheint interessiert und stellt einschlägige Fragen, sie bewundert die aparte Farbzusammenstellung eines Wandteppichs und die Geschicklichkeit der Hausfrau in Handarbeiten, sie beißt in schwarze Oliven und vernachläßigt den Hausherrn nicht, sie nimmt zweimal von der kräftig gewürzten Waadtländer Wurst mit Lauch, einer Spezialität des Hauses, und trinkt nicht zuviel vom Wein, der naturrein und blumig vom eigenen Rebberg des Hausherrn stammt. Bork gibt sich unterhaltend. Bork hört in jedem Fall

zu und übersieht keine Pointe. Bork geizt nicht mit Beifall. Bork ist problemlos, Bork trinkt nach Mitternacht einen Kaffee ohne Einschlafschwierigkeiten. Bork lacht ein letztesmal und bedankt sich herzlich, Bork nimmt auf dem Beifahrersitz Platz und winkt noch ihren Gastgebern. Bork schließt die Augen, wieder ist Bork nicht aus der Rolle gefallen.
Ich muß Geduld haben, Bork hängt im Netz, aus Traditionen, Gewohnheiten, Riten gewoben, ein engmaschiges Netz, das absichert und beschneidet. Bork muß die Knoten sehen, bevor sie sich daraus lösen kann.

10

Mit einer Gebärmutter und einem Busen bist du eine Frau und gehst gelegentlich zum Frauenarzt. Du wirst von einer Frau im weißen Berufsmantel empfangen. Du lernst sie als die rechte Hand eines Frauenarztes kennen.
Du bekommst eine Karteikarte angelegt und wirst mit einem Glas zum Wasserlösen geschickt. Du wirst nach dem Beruf deines Mannes gefragt. Du wirst auf der Karteikarte zur Frau eines Arbeiters oder eines Akademikers oder je nach Berufsbezeichnung oder Stand. Du und dein Uringlas seid etikettiert. Du bist soviel oder sowenig wie der Mann, dessen Namen du trägst. Du hast ihm alles zu verdanken.
Du sitzt im allgemeinen Wartezimmer oder im Zimmer für Privatpatienten und siehst beim ersten Blick, wo du Platz genommen hast. Du blätterst in Zeitschriften für Frauen, die unterschiedslos an das Kollektiv Frau gerichtet sind. Nebenbei wirst du aus Lautsprechern berieselt, sanfte, weibliche Melodien oder was man darunter versteht. Du bist doch eine Frau mit Gebärmutter und Busen. Du wirst gleich vor einem Facharzt stehen und als Frau eines Arbeiters oder eines Akademikers

oder sonst eines Standes behandelt werden. Du hast dich hoffentlich nicht schlecht verkauft.

11

Kinder um die Jahrhundertwende waren überwiegend billige Arbeitskräfte, dafür wurden sie gezeugt. Entsprechend unregelmäßig verliefen die Schuljahre, die zu vermittelnden «nothwendigen Kenntnisse» beschränkten sich in der Reihenfolge auf die christliche Religion und Rechnen, Schreiben, Lesen; zur Generation um die Jahrhundertwende gehörten die Erziehungsberechtigten, die das Kind über entscheidende Jahre beeinflußt haben. Auch wenn die Kinderarbeit abgeschafft war, blieb Bayern der dunkle Erdteil. Mit katholischen und evangelischen Kindergärten, katholischen und evangelischen Schulen, katholischen und evangelischen Kindern, die letzteren in der Minderheit.
Das Kind war ein katholisches Kind. Ein Onkel wurde Benediktiner, Tante Martha starb nach den Weihen zur Karmeliterin, an Heimweh sagte man, Tante Verena diente im Orden der Barmherzigen Schwestern und wurde Oberin eines Altersheims.
Vielleicht lag es an der Höhenluft, die Insassen des Altersheims hatten ein Durchschnittsalter von fünfundachtzig. Sie lebten, nach Geschlecht getrennt, in Dreier- und Viererzimmern, ausgenommen das Fräulein Rosa, eine Pfarrköchin, die der Umgang mit Pfarrherrn geadelt hat, daß sie im Einerzimmer besondere Zuwendungen erwarten konnte. Persönliche Worte, ein besseres Geschirr, ein Daunenbett, auch ihres kleinen Vermögens und ihrer gediegenen Aussteuer wegen, die nach dem Ableben von Fräulein Rosa ans Altersheim gehen würden.
Das Kind hatte Scheu vor dem Fräulein Rosa, das immer im Bett lag und bunte Heiligenbilder verschenkte, wenn das Kind

auf die sanfte Forderung der Schwestern in Fräulein Rosas Zimmer ging, einen kleinen Raum, der nach Mottenkugeln und alten Kleidern roch, daß das Kind regelmäßig den Atem anhielt, bis sein Kopf rot angelaufen war und das Kind zwang, seine Luft mit dem Luftgemisch im Zimmer von Fräulein Rosa auszutauschen, während das Fräulein, eine runzlige Frau mit dünnem grauem Haar und einem gehäkelten Wollschal um die knochigen Schultern, freundlich auf das Kind einredete, das fortwährend nickte, bis das Fräulein endlich befriedigt das Kind verabschiedete, das seinen Knicks machte und, verfolgt von Fräulein Rosas Brillengläsern, die Tür öffnete und leise, wie ihm geheißen war, schloß.
Es war immer Sommer, die Zeit der Sommerferien, der heftigen Sommergewitter und der klingenden Kuhglocken, wenn das Kind bei der Tante Oberin weilte, die in der Hierarchie des Hauses an erster Stelle stand. Ausgenommen der Herr Pfarrer, der in der Hauskapelle die Frühmesse zelebrierte, Abendandachten abhielt oder zu Versehdiensten gerufen wurde und im Refektorium reinen Bohnenkaffee trank, was nicht alltäglich war, auch sonst aufs Beste von den Schwestern bedient wurde einschließlich des gepflegten Altarschmucks und der schneeweißen hartgestärkten Altarwäsche in der Pfarrkirche. Die Autorität der Frau Oberin und ihr Ansehen in der Gemeinde schlossen ihre Verwandten ein, was dem Kind ein Gefühl von Überlegenheit gab, das es großmütiger stimmte, als es gewöhnlich war; es paßte sich an.
In der Rangordnung folgten die Krankenschwestern, die im Berggelände zu Fuß oder mit Fahrrädern ihre Pflegedienste in der Gemeinde und den umliegenden Weilern ausübten und am meisten Gesprächsstoff am Mittagstisch beitragen konnten. Dann die Hausschwestern, die für Arbeiten im Haus und Garten verantwortlich waren, dann das Hilfspersonal, noch arbeitsfähige Heiminsassen, Männer, die das Holz für den riesigen Küchenherd herbeizuschaffen hatten, Frauen, die beim

Flicken oder Bügeln der Wäsche halfen, und schließlich noch die Marias, zwei Taubstumme, die sich lallend verständlich machten, plumpe, aber liebeshungrige Kreaturen, die sich das Leben sauer machten, sich gegenseitig anschwärzten, um den besseren Platz bei den Schwestern buhlten, am Ende der Hierarchie für etwas Freundlichkeit zu allem bereit gewesen wären, dazu eitel genug, um sonntags, eine wie die andere, in grellen Kleidern und Hüten aufgeputzt, in der Pfarrkirche die Messe zu besuchen, was der Höhepunkt in ihrem glanzlosen Dasein war.

Der Tag begann mit der Frühmesse. Das Kind kniete steif und noch schlaftrunken hinter den Bänken der Schwestern in der Hauskapelle, starr den Kopf auf die Handlung am Altar gerichtet, hörte das Geklingel silberner Meßschellen, die ein weißhaariger Meßdiener läutete, bekreuzigte sich, wenn man sich zu bekreuzigen hatte, während die Knie zu schmerzen begannen, klopfte es sich wie alle hier Versammelten an die Brust, *mea culpa, mea culpa, mea maxima culpa,* die Schwestern und die Alten gingen mit geneigtem Kopf zur Kommunionbank. Durch das bleiverglaste Kapellenfenster kam die Sonne, durchwob den Weihrauchnebel und brachte den Amethyst am Ringfinger des Priesters zum Funkeln, der sich nun der Gemeinde zuwandte, seinen Segen sprach und sie entließ.

Wenn der Herr Pfarrer seinen Bohnenkaffee im Refektorium getrunken hatte und das knusprige Weißbrot, die Butterröllchen, der würzige klare Honig vom weißgedeckten Tisch abgetragen waren, läutete die Essensglocke. Die Heiminsassen standen an den offenen Zimmertüren zum gemeinsamen Gebet, sie hörten die Stimme der Frau Oberin durch das Treppenhaus hallen, fielen ein, dreimal täglich das monoton fließende Gemurmel verschiedenfarbiger Stimmen, das plötzlich stockte und mit den Wünschen der Frau Oberin schloß.

Das Kind, weiblichen Geschlechts, durfte an den Tisch der

Schwestern. Vor dem Essen knieten sie schweigend, das Gesicht vom gedeckten Tisch abgewandt, bis die Frau Oberin das Zeichen zum Aufstehen gab und das Essen austeilte. Dann durfte gesprochen werden. Die Fenster zum Garten waren geöffnet, der Geruch von frischgemähtem Gras lag im Raum und wieder die Kuhglocken, in Abständen läutend, während die Hauben der Schwestern über den Tellern hingen und das Gespräch im Gang war. Heimgeschichten. Krankengeschichten. Familiengeschichten. Die Schwestern, derbe kräftige Frauen aus ländlichen Verhältnissen, waren nicht prüde. Sie wußten, wer seine Frau prügelte oder von ihr verprügelt wurde, als Ehebrecher, Säufer oder Ketzer seine Todsünden in der Hölle büßen müßte, falls er nicht in letzter Minute bußfertig würde, wer gottesfürchtig lebte, wie Hiob duldete, der ewigen Seligkeit sicher war.
Die Schwestern nahmen Schicksale und Lebenswandel der Gemeindemitglieder wie den Wechsel der Jahreszeiten, der Gerechte fällt siebenmal am Tag. Auch sie wurden vom Teufel heimgesucht, der in der lebenslänglichen Gemeinschaft der Frauen Intrigen aufkommen ließ, Aufsässigkeiten, Eifersüchteleien, gestaute Gefühle, die sich aggressiv entluden, wenn Gebet und Zuspruch des Beichtvaters versagten und ihr Leben der Armut, Demut und Keuschheit, der Aufopferung für den Nächsten sie überforderten.
Wieder kam Lachen am Tisch auf, vor allem die rundliche Frowina, eine geschätzte Krankenschwester Ende Dreißig, die jeden in der Gemeinde zu duzen pflegte, lachte gern und laut; später würde sie ihre Oberin verdrängen, obwohl sie kaum schreiben und rechnen kann, wird mit Billigung des Mutterhauses den Platz der Frau Oberin einnehmen, andernfalls sie fremdgegangen wäre, was dem Orden Ansehen und eine Arbeitskraft gekostet hätten.
Das Kind hörte aufmerksam die Geschichten bei Tisch, bis Tante Verena die silberne Tischglocke klingen ließ, ihre Brille

nahm und mit belegter Stimme aus der bereitgelegten Bibel las. Außerhalb der Gebets- und der Essenszeiten war das Kind sich überlassen. Es war überall. Bei Schwester Thomasine, die in der Waschküche stand oder Raupen aus den Gemüsebeeten las; bei Vulgencia, die mit schweißnassem Gesicht am Herd hantierte, in hohen Töpfen den kochenden Inhalt rührte, während die Sommerhitze durch das Fliegengitter der Fenster hereinfiel, riesige Hefezöpfe aus dem Backrohr zog. Das Kind jagte die Katze und ging mit Frowina auf Krankenvisite, meist lange Wege zu Einödshöfen, auf denen das Kind sein Repertoire an Liedern und Versen verbrauchte. Aus der sommerlich heiteren Landschaft in dumpfe, dunkle Bauernstuben mit Bettlägerigen, unnützen Essern auf dem Hof, die gesund werden mußten oder besser starben. Das Heilige Herz Jesu an der Stubenwand vom Schwert durchbohrt, tropfendes Blut im schwarzen Holzrahmen, oder die Jungfrau Maria, das Kind auf dem Arm oder der Gegeißelte, blutend und bleich an der Tempelsäule. Zum Abschied die schwarze Brühe mit Milch in einer irdenen Schüssel am Eßplatz serviert, im Herrgottseck, wo der Gekreuzigte in Holz geschnitzt hing, geweihte Trockenblumen zu seinen genagelten Füßen.
ER war allgegenwärtig als Wandschmuck und Marterlfigur, ER stand in Hausnischen, auf Berggipfeln, Friedhöfen, Dorfplätzen, hing in Gemeindekanzleien, Kirchen, Kapellen geschnitzt, gegossen, gepreßt als Kunstwerk oder Kitsch gleichermaßen verehrungswürdig, in den Zimmern des Altersheims, den langen Korridoren, überall der Gekreuzigte. Und die Jungfrau im goldnen Strahlenkranz in einer gipsernen Grotte, die Hände ausgebreitet, lieblich im schneeweißen Kleid und himmelblauen Mantel, am Abend magisch beleuchtet, faszinierend für das Kind, auch der Mohrenkopf, der, mit Münzen gespeist, zu nicken begann, im Namen der unerlösten Heidenkinder dankte. Aber fegte das Kind pfeifend die Treppengeländer abwärts, kam eine der Schwestern mit flatternder

Flügelhaube und rauschenden Röcken und beschwor die weinende Jungfrau, falls das Kind sich nicht auf der Stelle auf sein weibliches Geschlecht besänne und das bubenhafte Pfeifen einstellen würde.

Wenn es auf den Gipfel des Pfänders ging, wo man bei guten Sichtverhältnissen den Bodensee wie einen gefüllten Suppenteller glänzen sah, bekam das Kind einen Hut aus der gegenüberliegenden Strohhutfabrik. In einen schwarzsamtenen Beutel wurden Weißbrot, Salami und Äpfel gepackt, dann machte sich die muntere Gruppe von Klosterfrauen mit dem Kind auf den Weg. Eine seltsame Prozession, die Schwestern im dunklen schweren Habit, mit steifen Flügelhauben, nur Gesicht und Hände der Sonne ausgesetzt und blutgierigen Bremsen, die um so hartnäckiger das Kind verfolgten, seine nackten Arme und Beine, was die Schwestern in ihrer Meinung bestärkte, daß jedes Übel vom Nackten kam. Immer wieder wurde die Gruppe von Touristen überholt und achtungsvoll gegrüßt, was das Kind als angenehm empfand, seiner Neigung, beachtet zu werden, entgegenkam, ob dann der Bodensee schließlich mit Gottes Hilfe gesichtet werden konnte oder im Sommerdunst schwamm, war dagegen bedeutungslos. –

Das Verhältnis des Kindes zu Gott war von Geburt an durch die Kirche, an die es in seinen ersten Lebenstagen durch das Taufgelübde gebunden worden war, vorgezeichnet. Eine unbefangene schrittweise Annäherung an den abstrakten Begriff Gott, seine Annahme oder seine Ablehnung war durch kirchliche Requisiteure und ihre Requisiten verstellt, durch Kirchengebote, Glaubenssätze und Schablonen, die im Gläubigen ein fertiges Bild von Himmel und Hölle und einer sündigen Welt, der man besser entsagt, projizierte. Die Kirche verkörperte einen Gott der Willkür und des Absolutismus, vor dem man sich, in ständiger Angst vor Strafe, zu beugen hatte.

Durch die Kindheit des katholisch erzogenen Kindes dröhnten die Glocken, mahnten täglich zur Besinnung, zur Buße, zum

Gebet, Glocken zerschlugen die Sonn- und Feiertage von fünf Uhr früh bis zum Abendläuten und zur letzten Andacht. In seinem Katechismus war das Paradies eine frühlingsgrüne Wiese mit zahmen Löwen unter blühenden Bäumen, sanften Heiligen in hellen Gewändern, Blumen im Haar, einem blauen Bach im Wiesengrund. Die Hölle war ein Ort der Qualen, wo die Verdammten im ewigen Feuer brannten, ihre abschreckenden Fratzen leidvoll verzerrt. Ebenso eindrucksvoll ein schmaler Pfad, der am schwindelerregenden Abgrund mit Giftnattern und feuerspeiendem Gewürm entlang führte und das Kind straucheln ließ, das verloren gewesen wäre, wenn nicht sein Engel es vor dem Sturz in die Tiefe zurückgehalten hätte.
Und die Prozessionen. Die Rundgänge, Wallfahrten, Bittgänge, diese prächtigen Demonstrationen von Macht und Stärke, diese Show am Fronleichnamstag, geordnete Züge von betenden und singenden Gläubigen in den Straßen der katholischen Städte und Dörfer. Altgediente Mesmer und Laien mit den Kirchenfahnen als stolze Vorhut, Vorbeter, Gläubige in Frauen- und Männergruppen, Laienkongregationen, die überragende Statue des Kirchenheiligen auf stämmigen Schultern, die Ministrantenstaffel nach Alter aufgebaut im roten Rock und spitzenbesetztem Leinenhemd, blumenstreuende Mädchen in lichten Sonntagskleidern, der Kirchenchor, andächtige Kommunionkinder, weiße Kleider, schwarze Anzüge, die Ordensschwestern, die Ordensbrüder, endlich die hohe Geistlichkeit, das Domkapitel, würdig schreitende Studierte in goldbestickten Gewändern, ihrem Rang gemäß ausgestattet, purpurrot und mit großen Edelsteinen an der zum Segen bereiten Hand, die höchsten Würdenträger unterm Baldachin, in ihrer Mitte die funkelnde Monstranz, Gott und seine Stellvertreter, von Weihrauch umwehte Herrlichkeit unter dem Volk auf der Straße, in dichten Reihen sinken die Schaulustigen aufs Knie und bekreuzigen sich, was die Gebete leiernder Gläubigen im Zug bestärkt, ihre beschwörenden Litaneien und Lieder lauter und inbrünstiger macht.

Ein sonniger Festtag, bei zweifelhafter Witterung wurde die Prozession verschoben, mit geschmückten Hausfassaden, die offenen Fenster von Hortensien und Heiligenbildern verstellt, die Straßen in jungem Birkengrün, schlanke Birkenstämme aus den nahen Wäldern, die den Weg des Fronleichnamszuges zieren, ebenso die Straßenaltäre, bei denen die Prozession vor teppichbelegten Altarstufen andächtig verweilt.
Der größere Teil der Gläubigen war weiblichen Geschlechts, eine brave Herde von Frauen, naiv und gefühlsbetont, die – mit zunehmendem Alter vermehrt – die Kirchenbänke und Beichtstühle füllten, den Sonntag heiligten mit Mann und Kind, die kirchlich reglementierten Fast-, Bet- und Bußtage hielten, unbedingt, bedingungslos ergeben, untertänig auf Kanzelworte hörten, Jesus war ein Mann, der Priester ein Mann Gottes, seine Worte das Evangelium. Offenbarungen, Heilsbotschaften an die Unterdrückten im «Jammertal», zu beten, zu arbeiten, auszuharren, dem Kaiser zu geben, was des Kaisers, und Gott zu geben, was Gottes ist.
Wenn der Fronleichnamstag näher kam, erhoffte das Kind einen Wolkenbruch oder die Masern oder sonst etwas Wunderbares, was es vor dem Gang durch die Straßen verschonen würde, vor der singenden, betenden Menge, vor ihrer Inbrunst, ihrer ausschließlichen Hingabe an etwas für das Kind nicht Erfaßbares, Irrationales, Unbegreifliches. Es war unbeteiligt, wenn am Karfreitag die hölzernen Rätschen der Ministranten hallend durch den Kirchenraum hackten und der Gräberbesuch fällig war, eine Kirche nach der anderen und überall die schwarzgekleideten, schwarzbestrumpften Frauen im stillen Gebet vor dem Leichnam in der Grabeshöhle, Jesus im Blumenrahmen, seine Wunden von flackernden Opferkerzen erhellt, ein Leichentuch um die Lenden und schwarze Frauen, die vor dem schwarzumflorten Kreuz auf den Altarstufen niederknieten, um die Wundmale des Gekreuzigten zu küssen.
Das Kind war nicht von Herzen fromm, nicht andächtig in

der Kirche, nicht begeisterungsfähig für das kirchliche Zeremoniell, die prächtigen Illustrationen, es konnte nichts nachvollziehen, blieb beziehungslos, immun, ein gelangweilter Zuschauer und Zuhörer, der sein Pensum an kirchlichen Handlungen abknien mußte, sich zu beugen hatte, in Demut und Reue seine Sünden bekannte in dunklen Beichtstühlen mit reichem Schnitzwerk. Dichte Vorhänge in Lila verbargen die dämmrigen Nischen auf beiden Seiten, in denen man kniete und durch ein hölzernes Gitter oder Flechtwerk ins Ohr des Beichtvaters seine Verfehlungen gegen die Gebote Gottes und der Kirche flüsterte, geistlichen Zuspruch, Absolution und Segen empfing und nach den aufgetragenen Bußgebeten im Stand der seligmachenden Gnade das Brot des Herrn aus der Hand des Priesters nahm. Für das Kind war die Ohrenbeichte ein Übel, das man klopfenden Herzens durchzustehen hatte, in Scham und Angst über das, was deutlich zu bekennen war: «Gelogen, gestohlen, den Namen des Herrn leichtsinnig ausgesprochen oder im Zorn? die täglichen Gebete unterlassen, unkeusch gewesen allein, mit anderen und wie oft? unfolgsam gewesen gegen die Eltern oder andere Erziehungsberechtigte?» Es waren immer die gleichen Sünden und die gleiche Scham, sich offenbaren zu müssen, es hatte keine Wahl, wenn es nicht im Zustand der Sünde leben wollte und in ständiger Angst vor der zu erwartenden Verdammnis, vor dem Höllenfeuer, das in seinem Katechismus allen Verdammten bevorstand.

12

Das Haus, in dem Bork lebt, ist, unbefangen betrachtet, ein normales Haus mit einem Speicher und Kellerräumen, sechs Zimmern normaler Größe, normalen sanitären Einrichtungen, normaler Komfortküche und einer Diele ausgestattet, entsprechend den Bedürfnissen seiner normalen Bewohner. Ein durch-

schnittliches, zweckdienliches Haus für eine Durchschnittsfamilie konzipiert, Bork hat ein Mädchen und einen Buben und keine Haustiere, die vorgefundene Einrichtung kann gediegen genannt werden, aber offensichtliche Wertgegenstände fehlen. Bork führt ein durchschnittliches Leben in durchschnittlichen Verhältnissen, Bork lebt in Normen, Bork ist die Norm, so betrachtet lebt Bork normal, verläuft das Leben der Bork normal.
Aber ich bin kein unbefangener Betrachter. Mit zunehmender Annäherung wird alles ein Alptraum für mich. Das Normhaus wird zur Zelle, zum Sarg, zum Museum, zur Wüstenei, seine Bewohner werden Aufseher und Beaufsichtigte, Unterdrücker und Unterdrückte, Mörder und Gemordete.
Man täusche sich nicht, das Idyll Kleinfamilie basiert auf archaischen Ordnungsprinzipien, die nicht ungestraft gebrochen werden können. Die Einbuße an individueller Freiheit wird freilich mit Sicherheiten aufgewogen, die wiederum den Familiensinn, die Anpassungsfähigkeit an die gegebenen Strukturen fördern. Erfahrungsgemäß dominiert der Mann als Ernährer seiner Familie, der Verdienst bringt ihm die Autorität und gebührende Annehmlichkeiten von seiner Frau und seinen Kindern ein, die – von emotionellen Bindungen abgesehen – moralisch und wirtschaftlich auf seine Schlüsselfigur fixiert sind. Ist das Kräfteverhältnis verschoben oder durch Konfliktsituationen gestört, kommt es zur Krise, aus der das Chaos bricht oder eine neue Ordnung wächst.
Noch ist nichts absehbar, noch sehe, erfühle, beschreibe, orte ich Bork als ein Erzähler, der registriert, aber nicht einzugreifen vermag, der nur imstande ist, eine Krankheitsgeschichte aufzuzeichnen. Eine schmerzhafte Prozedur für Bork, statt die Symptome zu bekämpfen, drücke ich den Finger darauf, aber solange von Bork die Symptome nicht als Bedrohung erkannt werden, ist eine Änderung illusorisch. Ich beklage die Unfähigkeit von Bork, gegen die Norm zu leben, den Mangel an Ge-

genwehr, an Aufbegehren, an Lebensgier, ich klage Bork der Passivität gegenüber Bork an.
Bork ist ein Reisender, den der Zufall hierher verschlagen hat und dessen Koffer mit Hoffnung gefüllt im toten Winkel verstaubt, während das Schemen «Hoffnung», der gute benebelnde Geist der Hoffnungslosigkeit weicht. Bork ist ein Insulaner, dessen Lebensbereich abgesteckt ist, ein Isolierter, dessen Sprache verkümmert, dessen Sinne stumpfer werden.
Winnie im Sandhaufen ist glücklich zu preisen, sie plappert mitteilsam, orientiert sich an Dingen, Winnie hat ihren Platz und ihre Erinnerungen, Winnie hat Sonnenauf- und Sonnenuntergänge und einen Revolver in Reichweite. Winnie verbringt «Glückliche Tage».
Bei Bork ist nichts konkret, ich muß Bork zum Plappern bringen, Bahl und das Eckhaus in der Sonntagsstraße sind eine Realität von Bork, aber wie sieht es Bork, wie weit ist Bork von ihrer Realität entfernt, den Gegebenheiten entfremdet, befremdend unwirklich, ein Traumwandler, verletzbar, gefährdet.
Die wollenen Spannteppiche, naturfarben, verhindern nicht das Gefühl, sich auf einem Abbruchgelände zu bewegen, dessen Boden beliebig zu schwanken anfangen kann, daß feste Gegenstände nachgeben und Bork zwischen den Plunder fällt, verfällt. Die Hochdrucklage mit schwachem Wind aus südöstlicher Richtung bei Temperaturen um sechsundzwanzig Grad kommt nicht gegen die Kälte auf, die aus den frosthellen Wänden kriecht und Bork anfällt, durch die Poren dringt, Bork bedroht, Bork drückt auf Knöpfe und Schalter ohne etwas auszulösen, Bork zündet eine Zigarette an, sie bleibt kalt, Bork knetet einen Fleischteig und greift in Madenfäden. Die Welt ist ein Chaos, sagt Bork, deine Welt ist ein Chaos, sage ich. Bork läuft durch die Räume im ersten Stock, im Parterre, ohne eine Bleibe zu finden, steht Bork im Vorratskeller zwischen Bier- und Mineralwasserkisten, und Regalen, die von

Bork bestückt werden, Konserven und Öl sind nach ihrem Frischhaltedatum geordnet, die Weinflaschen sortiert, der Rote, der Weiße, die Regale aus Holz sollten ausgewaschen werden, gebürstet, gelaugt, getrocknet, aber Bork steht untätig wie abgestellt, in der Waschküche sind Seile gezogen, auf denen Wäschestücke hängen, Herrenhemden und Blusen, Jeans der Größe achtunddreißig, Manchesterhosen für einen Zwölfjährigen, die Waschmaschine rostet in den Nahtstellen, der Warmwasserboiler zeigt siebzig Grad an, Bork realisiert nichts, der Zeiger der Skala könnte nach unten oder nach oben ausschlagen, die Sicherheitsventile ausfallen, das Wasser im Boiler zu sieden beginnen. Bork ist eine Fremde, die die Distanz zu ihrer unmittelbaren Umgebung nicht zu überwinden vermag, die keine Beziehung zu den Dingen und den Eigentümern der Dinge herstellen kann. Bork lehnt sich umsonst an den schwarzgespritzten kalten Ofen im Heizungskeller, betastet die weißgetünchten Mauern, deren Unversehrtheit wenige Herzschläge ein Gefühl von Sicherheit suggerieren, in die Geräusche fallen, Schritte, die näherkommen, Bork ist ertappt und flüchtet. –
Das Schlafzimmer mit Terrasse ist auf der Gartenseite gelegen, auf der Seite des schmalen Waldstreifens, ein Spazierweg zwischen Laubbäumen, dahinter die betongraue Siedlung. Bork lehnt am weißen Türrahmen, die Füße an der gegenüberliegenden Seite angestemmt, zwischen Diele und Zimmer. Die Türen zur Terrasse sind geschlossen, die bodenlangen Vorhänge, Weiß und kräftiges Blau, seitlich angeordnet, lassen den Blick durch die Sprossenfenster frei. Die Farben wiederholen sich in der Schrankwand und dem Teppichboden, den weißen Berbern, der blauen Tagesdecke, der weißen Deckenleuchte, dem blauflächigen Miró, den weißgetönten Wänden, langsam, sehr langsam gleitet Bork am weißlackierten Türrahmen zum Boden, ein guter Platz für Bork zwischen zwei Räumen, sie hält die Beine angezogen und mit den Armen umfaßt, zwischen zwei Räumen zu verweilen, und die Zeit fließt unbeschadet

vorbei. Die geometrische Ordnung des Zimmers in Farben und Formen scheint unantastbar, auch die Bücher auf den Nachtschränken stellen keine Unordnung her, sie setzt sich im Teppichmuster der Diele fort, eisenblaue Ranken durch verblichenes Altrosa gezogen, und Bork ist in die geometrische Ordnung gebannt. Die dämmrigen Winkel, die Schutzzonen der Kindheit, werden von Bork umsonst zitiert, Bork ist eingekreist und bloß.

Bork sucht durch das Fensterglas der Terrassentüre und durch die Laubkronen des Wäldchens die Fenster der Hochhäuser zu erreichen, einzudringen, begierig, ob dort oder sonstwo die Zelle funktioniert, das Zusammenleben verschiedener Altersgruppen und verschiedener Geschlechter, der einzelne in der Gemeinschaft existieren kann ohne Machtkämpfe, Rangunterschiede, Abhängigkeitsverhältnisse, ohne feste Rollenverteilung, die zur Erstarrung führt, und ohne Verletzung persönlicher Freizonen. Menschlich sein, ein Mensch werden, leben wie ein Mensch mit menschlichen Beziehungen, unbelastet, unabhängig, ist vom Standort Bork nicht vorstellbar. –

Für Bork hat die Hölle ein Menschengesicht, aus dem unerschöpfliche Bosheiten quellen, um des Menschen Art auszurotten. Der Mensch wird ein Fabelwesen, das jedermann kennt, für das die Welt erschaffen wurde, die vier Elemente, die Pflanzen, die Tiere, eine ausgewogene, paradiesische Welt, um die unzählige Sonnen kreisen, Adam und Eva hießen die ersten Menschen, wie man weiß, hat es mit dem Verlust der Unschuld begonnen und mit Kain, der seinen Bruder erschlug, das Menschenblut hat die Erde befruchtet und Unmenschlichkeit gezeugt, die sich unaufhaltsam fortpflanzt und jede menschliche Regung überwuchert. Der Mensch ist ein Fabelwesen, dessen Geschichte in den Schulen gelehrt wird, ein Objekt für den Staat, die Wissenschaften, die Künste, die Industrie, das Verkehrswesen, für alle Wirtschaftszweige, der Nabel ihrer Systeme, ein Bild, in dem sich jedermann zu erkennen glaubt, dessen Legende von jedermann gebraucht wird, «Mensch und Menschlichkeit», ohne einem Vertreter der Gattung je begegnet zu sein, ohne zu ahnen, was Menschsein heißt. Für Bork ist die Welt von Menschen leer.

Vielleicht ist Bork, die Ansicht von Bork, extrem zu nennen; solange sich das familiäre Leben hinter sicheren Wänden, unter Ausschluß der Öffentlichkeit abspielt, ist alles vorstellbar, Himmel und Hölle, Harmonie und Disharmonie, es kommt auf den subjektiven Erfahrungsbereich an. Ich sehe mehr als Unzulänglichkeiten, entschuldbares Versagen, überwindbare Mängel, die im engen familiären Zusammenleben zu Reibungen führen und zu explosiven, aber reinigenden Entladungen von normalen Spannungsfeldern. Wer an die Kraft der alles überwindenden Liebe glauben kann oder an humanitäre Regungen, die noch tolerieren, was der Verstand verbaut, ist glücklich zu preisen. Ich betrachte das komfortable Tummelfeld von zwei, drei, vier, fünfeinhalb und mehr Zimmern mit Küche und Bad als das Reservat inhumaner Praktiken im Catch-as-catch-can-Stil. Unter dem Ausschluß der Öffentlichkeit ist alles erlaubt, das Gesetz außer Kraft. Ohne Kläger kein Richter, und wer klagt gegen einen Ehemann und Vater, der nach einem voll bemessenen Arbeitstag seine Ruhe braucht, seine Zeitung, sein Essen, seine Couch, seine Tagesschau, seine Ordnung, der eine offene Türe, einen Kuß, einen leeren Kleiderbügel, einen gedeckten Tisch erwartet wie die Seife in der Seifenschale, die Hausschuhe im Regal, das Klopapier am Halter, das Handtuch am Haken, alles an seinem Platz, seine Frau in der Küche, sein Bier im Kühlschrank, seine Kinder in den Zimmern, ein gewisses Maß an Ordnung ohne Einbrüche und unvorhergesehene Störungen, wer beklagte sich darüber, und wo würde er gehört?

Gegen eine Ehefrau und Mutter, die ihr Leben der Familie geweiht hat, deren Lebensinhalt die Familie ist, die nimmermüde wirtschaftet, sorgt, überwacht, besorgt, managt, gegen

die große Mutterfigur, die Herrschende, alles Beherrschende, deren Brüste nie versiegen, ein lauterer Quell der Hingabe, eine honigsüße Nährlösung, die trunken und träge macht, deren Schoß warm bleibt, ein Hort, Zentrum eines Clans, eine Kirche, Heiligtum, Götzenbild, eine tabuierte Zone, wer beklagte sich gegen die allesumfassende, bewältigend emsige Weiblichkeit?
Hinter den Zäunen, den Toren, den Türen, den Wänden findet die Demaskierung statt. Das Ego partizipiert nicht, es setzt sich hemmungslos gegen den Schwächeren durch, der Mann gegen die Frau, die Frau gegen den Mann, der Vater gegen den Sohn oder die Tochter, die Mutter gegen die Tochter oder den Sohn, Tochter oder Sohn gegen den Vater oder die Mutter, Mutter und Sohn oder Tochter gegen den Vater und Tochter oder Sohn, die Schwester oder der Bruder gegen die Schwester oder den Bruder, der Ältere gegen den Jüngeren, der Jüngere gegen den Älteren, Machtkämpfe auf primitiver Basis, wo Gefühle im Spiel sind, schweigt die Vernunft.
Geld und Rivalität sind die beiden großen Themen, die in zahllosen Abhandlungen die internen Konfrontationen durchziehen, dafür ist jeder Trick und jedes Manöver geheuer, dafür vermarktet man sein Selbst, treibt das Spiel der Sprachlosen, Vernunftlosen, Gehörlosen, der Lieblosen.
Haß ist ein verläßlicheres Gefühl als Liebe, in jenen Infernos, jenen kleinen Höllen mit der Aufschrift «privat» treibt der Haß skurrile Formen. Man kann sich nicht mehr riechen, nicht mehr berühren, nicht mehr hören, aber man lebt zusammen, eine Interessengemeinschaft auf vorwiegend ökonomischer Basis, der Preis heißt «lebenslängliche Geschlechts- und Umgangssklaverei», man wehrt sich und rächt sich mit Grausamkeiten, es wächst die Lust am Zerstören, Morden. Konserven ohnmächtigen Hasses, die eines Tages aufbrechen und unermeßlichen Schaden anrichten könnten, aber der Schlamm der bürgerlichen, der gängigen Moral deckt die Katastrophen zu. –
Bork sitzt noch reglos, wie ich sie verlassen habe, den Rücken

an den Türrahmen des Zimmers gelehnt, zwischen zwei Räumen, angreifbar, verletzbar, ein Knäuel Unordnung in der geometrisch exakten Umwelt, ein unnötiger Knäuel zwischen hohen weißen Wänden, aufrechten Geraden, Rechtecken, Vierecken, Bork kauert sich enger zusammen, schließt sich, verkriecht sich, der Kopf von Bork ist eine Höhle, ein Raum, in dem sich Bork noch frei bewegen kann, ein unermeßlicher, phantastischer Raum, ein Grenzbezirk. Hinter den großflächigen Fenstern der Hochhäuser gehen in kurzen Abständen, für Bork geräuschlos, verschiedenfarbige Lichtquellen an, Deckenleuchten, Wand-, Tisch-, Stehleuchten erhellen die Wohnräume, die Kulissen, die Statisten: Mutter mit Kleinkind am Wickeltisch, Mann mit Bleistift unter der Schreibtischlampe, Frauen an einem gedeckten Tisch, es muß die blaue Stunde sein, wo allmählich die Vorhänge gezogen werden und Jalousien den Neugierigen aussperren.

13

Bork traf sie im Supermarkt, eine gepflegte Blondine, wie sich Frauen aus der Gegend treffen dann und wann, Zufallsbekannte über Jahre, die Nettigkeiten austauschen, manchmal mehr, auf dem Sprung von oder zu Herd und Heim, Bork traf sie mit einem Einkaufswagen in der Gemüseecke, gegenüber die Regale mit Brot, dunkle, halbweiße, weiße Brotsorten, eine reiche Auswahl, zweimal täglich angeliefert, Kleingebäck, Cakes, Kuchen, die Sahneschnitten heute zum halben Preis, die Blondine erstand Granny Smith, das Gemüse lag welk, die rückseitige Spiegelwand bestätigte es, die Bananen waren überreif, die Verkäuferin mürrisch im künstlichen Licht, draußen lag der Sommer, blühten Sommerwiesen, reifte das Korn, blähten sich Segel vielleicht, glänzten Seen, Tümpel, Flüsse wie geschliffenes Glas, spannte sich der Himmel faltenlos zum Horizont, die sonnenbraune Haut der Kundinnen fröstelte beim Betreten des Ladens, wenn sich Bork durch das Drehkreuz schob, empfand sie regelmäßig die gleiche Abneigung gegen ihre Rolle als Konsument vor dem aufgereihten Warenangebot, der Künstlichkeit des dumpfen Raumes. Die Verkäuferin, die unwillig Granny Smith abwog, war robust, ihre Stimme aggressiv, als sie den Preis auf die Tüte setzte, dann standen sie an der Kasse und legten ihre Einkäufe aus, die Importeier, die Haselnüsse, den Vanillezucker, die Kochbutter, vermutlich wird ein Kuchen gebacken, das Brot, Obst, die Milch und so fort, packten gewohnheitsmäßig, routiniert und standen draußen im Sommernachmittag, plaudernd, vor dem Werbeslogan «Mami und Star-Eis sind uns die liebsten», während ihre Einkaufstaschen langsam schwerer wurden.

«Man muß sich buchstäblich fortstehlen von Zuhause», sagte die Blonde, mit einem Gewerbetreibenden ohne Ladengeschäft verheiratet, «seit er weniger zu tun hat, kontrolliert er mich, man kann nicht einmal in Ruhe auf dem Klo sitzenbleiben, schon kommt er gelaufen und fragt, wo bist du, was machst du? Ja, was mache ich wohl auf dem Klo und was habe ich schon angerauchte Zigaretten verschwinden lassen, nach ein paar Zügen in den Spüllumpen gedrückt und, lachen Sie nicht, in der Aufregung in die Suppe geworfen, ich sehe ihn stehen mit der Uhr in der Hand, aber man wird doch noch ein paar Worte reden dürfen, ohne daß die ganze Familie über die Schulter schaut, und diese ewige Mäkelei wegen des Essens, man weiß bald nicht mehr was kochen, diese Woche habe ich sie dran gekriegt mit Schweinshaxen statt Kalbshaxen, und keiner hat es gemerkt, ein billiges Sonderangebot, ich mach das wieder, was soll man sonst machen, wenn das Geld kanpp wird?»

Aber ja, sagt Bork, und ganz recht, bestätigt Bork.

«Mein Sohn Marc stellt sich gegen ihn, er kritisiert seinen Vater, gibt ihm heraus, hat gar keine Angst, aber was haben wir davon, wenn er wütend wird, solange wir von ihm leben, hält er besser seinen Mund und macht seine Schulen fertig, eine Hausfrau ist schon das Allerletzte, liebe Bork, wie lange könnten wir uns ernähren? Ich habe fünfhundert Franken zwischen der Wäsche versteckt, das reicht nicht einmal einen Monat, obendrein hat sie meine Tochter gefunden, sie hat überall ihre Nase drin, aber da habe ich blitzschnell geschaltet und rundweg erklärt, das sei mein Geburtstagsgeld, bei meiner Tochter muß man vorsichtig sein, die versteht es mit ihrem Vater, Reitstiefel nach Maß für ein Kind! obwohl das Geschäft kaum noch läuft, aber der sollte sich schämen, wie der jammert, weil er nicht mehr seine Zehntausend im Monat auf die Bank legen kann, der hat genug gescheffelt, jahrelang, und alles schuldenfrei, mein Schwager liegt schwerkrank in Ostberlin, Prostata, geht das denn zwölf Wochen oder ist es mehr? jedenfalls hat meine Schwester angerufen, weil es drüben kein hautfreundliches Pflaster gibt, aber da hätten sie ihn hören sollen, zum Glück mußte er weg, mein Schwager hat das Telefon am Bett, jedesmal, wenn die Luft rein ist, versuche ich durchzukommen, aber übertreiben darf ich natürlich nicht, sonst kommt er auf den Gedanken und läßt sich eine detaillierte Aufstellung vom Telefonamt geben, wenn ich einmal nicht fernsehen möchte und ins Nebenzimmer gehe, dreht er das Licht ab wegen dem Strom, ein gutes Buch kann ich sowieso nicht lesen, dazu muß man sich Zeit lassen können, Zeit haben, ich lese diese Hefte vom Kiosk, Sie wissen schon, er sieht es nicht gern, aber dabei kann man abschalten, und wenn er in der Nähe ist, lasse ich sie verschwinden, diese Hefte gehen von Hand zu Hand, die lesen viele, mal fünf Minuten entspannen, wenn man den ganzen Tag durch läuft und am Sonntag eine Velotour, das macht mich fertig, so ein Berg schafft mich, wir sind doch keine zwanzig mehr, und daß man noch jeden Abend munter sein soll, es ekelt mich an, und das Theater mit der Abtreibung möchte ich nicht noch einmal erleben, ohne Spritze und anschließend die Strümpfe an und weg mit wackligen Beinen,

käseweiß im Gesicht, Gottseidank gibt es eine Menopause, dann habe ich Ruhe, morgen geht's in die Stadt, das habe ich mir vorgenommen, da kann kommen, was will, soll er meckern, ich habe Lust, einen Hunderter auf den Kopf zu stellen, aber jetzt muß ich wirklich, wir sehen uns wieder mal, adieu, liebe Bork.» –
Eiliger Aufbruch, als wenn Versäumtes nachgeholt werden müßte, strebten sie ihren Domizilen zu, die sie aufschließen konnten, aufschlossen, eintraten, ihre Einkäufe in den Küchen abstellten und wie zu Hause waren.

14

Und noch kein Wort über die Kinder aus den ehelichen Verbindungen, die Bindeglieder, die man zeugen kann und gebären, aussetzen in eine kleine beschränkte Welt mit zwei Hauptfiguren «Vater und Mutter» als dominierende Größen, gegebenenfalls noch die Geschwister als Nebenfiguren, Konkurrenten um die Gunst der Erwachsenen, die das Kind wesentliche Jahre ernähren, bekleiden, belehren, beeinflussen, prägen, zügeln, züchtigen, das Kind erziehen, soweit sie dazu imstande sind, ihre Leben mit dem Kinderleben koppeln, Einbußen auf sich nehmen, sich opfern, aufopfern, dafür Kindesliebe erwarten, seit alters her, Gehorsam und Dankbarkeit, die gebührende Achtung für die Erzeuger, die das Produkt Kind nicht mehr freigeben wollen, die zuviel investiert haben, um seine Eigenständigkeit respektieren zu können. Die in hohen Münzen belohnt werden wollen, mit Talenten, die das eigene Fleisch und Blut nicht haben kann, mit hervorragenden Leistungen im Kindergarten, in der Schule, im Beruf, im Sport, in der leistungsbesessenen Gesellschaft. Lebenslänglich funktionieren, das wird beklatscht und honoriert, zuerst von den Bezugspersonen, die schon die ersten Schritte des Kindes lenken durf-

ten und nicht mehr aufhören zu lenken, leiten und verleiten, ein Privileg ableiten, privilegiert sind. So steht es geschrieben: «Du sollst Vater und Mutter ehren, auf daß es dir wohlergehe und du lange lebest auf Erden.»
Soll der Schwächere tatsächlich bedingungslos akzeptieren, auch egoistische, autoritäre, kindische Große, die der Zufall zu Vätern und Müttern gemacht hat, die ihre uneingeschränkte elterliche Gewalt mißbrauchen, daß man das vierte Gebot neu interpretieren müßte: «Ehre deinen Vater und deine Mutter, bis du draufgegangen bist.»
Vielleicht müßte diese archaische Ordnung vom Kern aus aufgeweicht werden, der einzelne seine Schablonenrolle ablehnen, sich einfühlen, jeder Frau und Mann und Kind sein, sich wie Fraumannkind fühlen und durch die Annäherung jeder jeden besser begreifen?

15

Es fällt leicht, sich über Bork lustig zu machen, ja, es macht mir Spaß, Bork auszuspotten, die Hausfrau Bork im Eckhäuschen einer Sonntagsstraße Bahls, zwei Kinder, sechs Zimmer, Küche, Bad, Estrich, Kellerräume, Garten, Hof, aber das ist auch sonst bekannt, wie Bork funktioniert, läuft, leerläuft, man kann sie buchstäblich laufen sehen am Ort, drei Minuten morgens sollen gesund sein, drei Minuten am Ort treten, langsam steigern und die Beine himmelwärts ziehen, denn Beine wollen laufen, weglaufen, ein bewegungsarmer Körper setzt Fett an, am Schreibtisch, im Auto, Lift, Flugzeug, Schiff, Schienentransportmittel, in der Seilbahn, vor dem Fernsehapparat, im Käfig, das weiß jeder, vielleicht läuft Bork deshalb während Tagen und Monaten, jahrelang? Aber doch nicht ihrer Gesundheit zuliebe? Wofür sollte Bork fünfmal zwanzig Jahre leben wollen, Bork weiß keine Antwort auf diese Frage, die Kinder gebären und groß-

ziehen, Gattin sein, als Gattin repräsentieren, das Heim und die Familie umhegen, bepflegen, die vielfältigen traditionsreichen fraulichen Rollenspiele reichen nicht aus, um über unerfüllte Jahre zu kommen. Im übrigen ist Bork gesund und müht sich redlich um etwas Beifall, allerdings vergeblich. Solange sich Bork nicht akzeptieren kann, ist Bork nicht akzeptabel, bleibt die Existenz der Bork fragwürdig.
Es fällt leicht, über jene Bork zu lächeln, die zuerst in den Spiegel sieht, bevor sie öffnen geht, kritisch ihr Aussehen repetiert einschließlich der Kleidung, ohne noch verbessern zu können, öffnet, denn Bork läßt niemanden warten, entsprechend befangen oder unbefangen dem Besucher entgegentritt. Es ist leicht mit Bork ins Gespräch zu kommen und ihr gesprächsweise mitzuteilen, daß man der Größte sei als Frau, Mann, Mensch, beruflich und privat, auf gesellschaftlicher und politischer Ebene schon Großes vollbracht habe und geradezu unersetzbar sei, daß man jederzeit in der Lage wäre, sich am eigenen Schopf aus dem Sumpf zu ziehen. Man kann prahlen, bluffen, Bork wird es vorbehaltlos anhören, auch nicht mit Beifall geizen, sie wird sich interessiert und informiert gebärden, dabei von Mal zu Mal weniger scheinen, wie ausgelöscht sein.
Ich denke an Walter, einen jüngeren Verwandten, der auf der Durchreise überraschend vor der Haustüre der Bork stand, an einem Tag, wo der Dielenteppich zusammengerollt lag und im Hause geputzt wurde, was Bork peinlich war. Sie wollte nicht als säubernde Hausfrau identifiziert werden, die in schlecht sitzenden Hosen und ohne Make-up herumwirtschaftet, eine mißlungene Karikatur aus der Schmunzelecke und nicht einmal jung. Bork brauchte die Jeans, bevor sie den Kuchen auftauen ging und Kaffee auf der Terrasse trank, als Legitimation. Jeans sind eine Religion, die Träger von Jeans eine Gemeinde, auf den ersten Blick wirkt eine jeanstragende Hausfrau emanzipiert, Assoziationen zur Werbung stellen sich ein, die Jeansfrau

als Kumpel, als Liebende, als Sportlerin, als Berufsfrau, deofrisch, jungenhaft und fit, bis auf weiteres vom Gebären und Wichsen befreit. Die Kaffeestunde verlief angeregt, die jeansblaue Bork vermied Gespräche nach Hausfrauenart, belegte Walter, den weitgereisten Geologen, holte ihn aus, zum Teufel mit ihren Fragen im Stenogrammstil nach Forschungsarbeiten, Beamtenstatus oder Freiheit, nach Lebensqualität, kommunalen Belangen, Umweltschutz, nach seinen Zukunftsabsichten! Die Zeit ist zu kurz, vielleicht wollte Walter hier ausruhen, einmal abschalten, gemütlich plaudern über die Schulnoten seines Ältesten beispielsweise, ohne deswegen das ganze Schulsystem in Frage zu stellen. Oder über einen Dackel aus schwarzem Metall, der ihm, bevor er geläutet hat, aufgefallen war, wie man bunte Gartenzwerge registriert und weiße Fahnenmasten mit riesigen Fahnentüchern auf privatem Grund und die Schilder «Hausieren verboten, Vorsicht, bissiger Hund, privat», Bork sollte besser die Herkunft des Hundes erklären, auf dessen metallener Rückenlinie geschabt werden darf, soll, muß? Oder ihn von den Eingangsstufen kappen oder einfach lachen, lauthals darüber lachen, zum Teufel mit Bork, die eine Kaffeestunde zur Eigenwerbung mißbraucht und sich akademischer gebärdet als ein Akademiker, emanzipierter als eine Emanzipierte, meine arme, bedauernswert naive Bork, die über Stunden und Tage weiterredet und kein Ende finden kann, endlich sich zur Ordnung ruft und ihre Neigung zu imaginären Gesprächen verdammt, bis die Hausglocke läutet, das Telefon schrillt und Bork wieder in eine dem Augenblick angemessene Rolle kriecht, sich wieder verleugnet, um sich dann am Faden ihrer Monologe zurückzuspinnen, Tagträume, die Bork mit der Wirklichkeit austauscht, sie mit Erwartungen füllt, ohne dabei die Grenzen zwischen Realem und Irrealem zu löschen. Dazu gehören die Briefe, die Bork mit Vorliebe schreibt, und die Antworten auf ihre Briefe, dazu gehört der Briefkasten aus blankem Messing und das Warten auf den Briefträger, auf das

Läuten der Hausglocke, des Telefons, und dazu gehört die Enttäuschung über den eigenen Unwert. –
Der Zustand des Wartens nimmt einen großen Teil von ihrer Zeit ein, auf was wartet sie, was kann sie noch erwarten? Dornröschen ist ein Märchen von Gebrüder Grimm und Sesam, öffne Dich! eine Zauberformel aus Tausendundeinernacht. Vor dem Hause Bork üben Fahrschüler das Rückwärtsparkieren, die parkierten Autos gehören zu den Häusern, den Hausbesitzern, ein Lieferwagen fällt auf, ebenso Leute, die ihrem Aussehen nach nicht in diese Straße passen, nicht in dieser Gegend wohnen können, hier wohnt man als bekannter Frauenarzt, als hart arbeitender Direktor eines Chemiekonzerns, als erfolgreicher Innenarchitekt und Möbelfabrikant, als bekannter Tiefenpsychologe aus der C. H. Jung-Dynastie, als geistreiche ungarische Gräfin, die sich schlicht Wolff nennt. In dieser Straße geht es leise und aristokratisch zu, man kennt sich und seine Verhältnisse, heiratet die richtigen Frauen und bekommt die rechten Kinder, spielt Golf oder Tennis, treibt alle Arten von Fitneßsport in der verdienten Freizeit und interessiert sich nicht für Leute, die ihren Sonntag mit einem Sonntagsspaziergang durch Bahl begehen, von unten kommen, aus lärmigen Wohnungen auf den nahen Hügel ausbrechen mit Sonntagsgesichtern, die Stimmen gedämpft durch die Sonntagsstraße ziehen und dem Spaziergänger-Dorado von Bahl zustreben. Das Haus, in dem Bork lebt, ist kein Treffpunkt, kein Wirtschaftsbetrieb, kein Vereinslokal, keine Kirche. Das Haus ist ein Privathaus, Bork ist eine Privatperson, auf was wartet Bork am Fenster, es ist Morgen, ein neuer Morgen, heute, die Sonne steigt über den Dachgiebel des Nachbarhauses, helles Sonnenlicht überflutet die Straße, die Alleebäume, Vorgärten, das Fenster von Bork. Warum läßt sich Bork nicht anzünden für einen Tag, eine Stunde oder weniger, einen Augenblick lang?

Warum bricht Bork nicht aus; die Sonne stand im Zenit, und der See war ein flimmernder Spiegel, das Boot lag vertäut vom Rhythmus der Wellen bewegt, Bork hätte hinausrudern, die Schatteninsel verlassen, sich aus der Erstarrung lösen können, die Sonne auf der entwöhnten Haut gespürt, ihre Brandmale ertragen, ausbrennen können, vergehen, vergessen, untergehen. –
Warum läßt sich Bork niemals treiben; die Sonne brannte auf den Asphalt, aus dem Autoradio eines Kabrioletts drang Beatmusik und faszinierte Bork. Beatrhythmen oder der Melodie eines Rattenfängers folgen, sich verzaubern lassen, bezaubert sein. Bork ließ den Augenblick verstreichen, die Melodie ziehen und blieb, von einem Rudel blecherner Wölfe bedrängt, auf der Strecke. –
Warum mäßigt sich Bork; das Bellen des englischen Jagdhundes drang durch die Wände der Wohnzellen, er heult schon wieder ganz entsetzlich, sagten die Leute, es tut weh, ist unnormal laut, eine Ruhestörung, sagten die Leute, zuerst vorwurfsvoll, dann anklägerisch, verurteilend, bis eines Tages das Bellen oder Heulen unterblieb, der Hund abgeschafft werden mußte. Bork vermißte das helle langgezogene Bellen, das einzige Leben, das ihre Öde unterbrach, Bork, die ihre eigenen Schreie erstickt, denn eine Frau brüllt nicht, flucht nicht. Wenn sie keine gewöhnliche Frau sein will, muß sie sich beherrschen können, ein Vorbild für die Kinder sein oder etwas gegen ihre schlechten Nerven unternehmen. Bork trauerte lange um den fremden Hund. –
Warum verdrängt Bork das Gefühl, das man Sehnsucht nennt; der windschnelle Schatten eines Vogels strich über helle Schneefelder, die von Gletscherriesen begrenzt nach Süden verliefen, der Paß heißt Maloja, der Wind von dort Malojawind, wenn das Wetter umschlägt, kriechen milchige Malojaschlangen ins

hochgelegene Tal, nun wieder ein Lied, ein italienisch gesungenes Lied von weither, wo ein Haus entsteht und die Gastarbeiter ein schönes Geld verdienen, wo vielleicht ein schönes Zuhause am Waldrand entsteht. Wird mit schönem Geld alles käuflich? Bork hatte kein Geld und lief gegen den Paß, in verharschten Spuren über die gefrorenen Seen, Silvaplanersee, Silsersee, vor wenigen Monaten stürzte ein Auto in den Silsersee, sein Lenker war ein Einheimischer, der mit den Wegverhältnissen vertraut gewesen war, ein guter Arzt, ein Mensch, konnte nur noch tot geborgen werden, Schritt für Schritt strebte Bork dem blauen Horizont zu, auf der Suche nach Menschen, während die Schatten wuchsen, eisblaue Schatten, und die Landschaft eine neue Dimension annahm, plastisch modelliert von der scheidenden Sonne an Tiefe gewann, die Bergränder aufbrachen, Falten und Einschnitte zeigten, Alphütten, struppige Lärchen, und Bork von ihrem Schatten eingeholt den Weg zurücknahm. –
Warum verharrt Bork am Ort; mit frisch erworbenen Salatköpfen im Plastikbeutel stand Bork auf dem Bahnsteig und erwartete einen Zug, einen nahen Verwandten, dessen Zug Verspätung hatte, oder war Bork zu früh eingetroffen. Bork stand bewegungslos und ließ die Reisenden passieren, ein Hindernis, das umgangen werden mußte, eine Litfaßsäule ohne Anschlag, eine Wartende auf Zeit, während die Reisenden ausstiegen und einstiegen, mit Geschichten befrachtet und Zukunftsplänen, mit einem Reiseziel, das sie zu erreichen wünschten, so viele Reisende um Bork mit festen Zielen, so viele Geleise, Geleisstränge, die sich kreuzen, auseinanderlaufen ... am Zug Chiasso–Milano wurden die Türen geschlossen, auch Domodossola soll eine interessante Stadt sein, nicht nur seiner geographischen Lage wegen, eine Stadt der Gegensätze von Altem und Neuem, Gewachsenem und Modernem, anregend, abstoßend, lebendig sagt der Erfahrene, noch ein Händedruck, ein Lächeln, Winken, der Zug setzt sich in Bewegung, Bork lief

neben dem Zug, mit Salatköpfen in der Plastiktüte erreichte Bork den Zug Chiasso–Milano, sprang auf? Niemals die Bork!
Ich kenne nicht die Beweggründe von Bork, nicht alle Ursachen, die ihre Reaktionen bewußt oder unbewußt beeinflußt haben könnten, ich kann nur abschließend kommentieren und Bork bestätigen, daß man sich von einem Punkt entfernen kann, von Orten und Menschen zu Orten und Menschen wechseln, eine berechenbare Distanz gewinnen kann, aber nur scheinbar eine Veränderung. Man müßte sich schon selber ändern. Bork muß bei sich beginnen. –
Wenn Bork eines Tages es über hätte, Wasser zu kochen für einen Tee oder Kaffee oder Pot-au-feu oder Spaghetti, für ein Vier-Minuten-Ei oder Kartoffeln, Mais, Blanchiertes, wenn Bork es über hätte, regelmäßig Essen herzustellen, den Sonntagsbraten, die Geburtstagskuchen, Karfreitagskarpfen, Weihnachtsstollen, täglich eine bestimmte Menge für eine bestimmte Anzahl von Mäulern zur bestimmten Zeit zuzubereiten, ein Vorgang, der in allen Küchen aller Häuser allerorten abläuft, daß sich Bork am häuslichen Herd überflüssig fände, als Glied in einer endlosen Reihe von Köchinnen, die gleichzeitig Hausmannskost produzieren und – von Qualitätsunterschieden abgesehen – zum gleichen eßbaren Ergebnis kommen, Bork es sinnlos fände, wiederzukochen, was gekocht worden ist, nur wegen der Wände, die Küchen und Kochvorgänge trennen, wegen Grenzen, die man nicht zu überschreiten gelernt hat, die zu überschreiten wären, um zu neuen Räumen vorzudringen, neuen Möglichkeiten zur Kommunikation, neuen Freiheiten auf Gegenseitigkeit, die Familien aufbrechen, die Lasten teilen, in großen Töpfen kochen, denn «hausgemacht» ist kein Gütezeichen und das Individuelle-Bäuche-Stopfen kein Merkmal für Individualität.
Wenn Bork eines Tages die Wände über hätte, die tropfenden Hahnen, das aufdringliche Gongen der Pendule, die Berge schmutzigen Geschirrs und schmutziger Wäsche, das Bergwerk

an häuslichen Pflichten, an Dienstleistungen, die abzutragen sind, wenn Bork eines Tages das Haus und seine Bewohner über hätte, ihre Forderungen, Anklagen, ihre Kritik, ihren Egoismus, ihre Liebe, ihre Kälte, ihre Rivalität, wenn Bork das Fauchen, Bellen, Beißen, Zerreißen, Gefressenwerden über hätte und nach Ruhe suchte, wohin bloß mit Bork?
Wenn sie eines Morgens das gebrauchte Frühstücksgeschirr stehen lassen würde, die Brotkrümel, den verschütteten Zucker auf der Decke, die fette Fliege über den Speiseresten kreisen, die Butter in der Morgensonne schmelzen ließe, wenn sie sich den endlos rotierenden Sätzen zwischen den gemeinsam Trinkenden, Essenden, Kauenden, Schluckenden, sich Verschluckenden, Hustenden, Atemholenden zu entziehen trachtete, die Türe des Badezimmers verschließen würde, das heiße Wasser in die Wanne einließe, um den Schlamm abzuspülen, in der dampfenden Wärme nach Wohlbehagen suchen würde, während das Wasser steigt, den Wannenrand erreicht, überschwappt, läuft, den Badteppich netzt, näßt, ertränkt, sich ausbreitend die Schwelle des Badezimmers erreicht, steigt, sich sündflutartig ergießt, ohne daß Bork es bemerken und abstellen würde, was vernünftig wäre im Gegensatz zu der Unvernunft von Bork, die unter Kontrolle muß, kontrolliert werden müßte, wenn sie eines Tages die frischpolierten Gläser durch die frischpolierten Fenster würfe, dann aus dem Haus und den Berg von Bahl hinunterliefe, um sich in einer Reihe mit Wartenden wiederzufinden, die ein Aufseher schubweise in den neuen Selbstbedienungsladen einließ, der Markenartikel zum Schlagerpreis verschleuderte. Bork den labyrinthischen Windungen folgte, die um volle Warenregale führten, mit Angeboten aller Art bestückt, die auch den Desinteressierten einen Aufenthalt abnötigten. Wer eingereiht ist, braucht Disziplin, um schrittweise zur Kasse befördert zu werden, den Ausgang in Sicht. Das müßte Bork zur Vernunft bringen, sie normalisieren, daß sie ein unbändiger Hunger an einen Kaffeehaustisch

triebe, dort löffeln, einhauen, verschlingen ließe, eine kleine Kaffeehausorgie als kleine Abwechslung. Das ist alltäglich in den Cafés und Imbißstuben, Tearooms, Konditoreien. Bevor die gebratenen Tauben in den Mund fliegen, muß man sich durch einen Berg mit süßem Brei essen, jenes Land wird Schlaraffenland genannt, wer ist nicht empfänglich für ein Märchen, wer hat nicht an Märchen geglaubt. –
Das Leben zu zweit begann mit spektakulärem Knall unter Zeugen, das Leben zu zweit ist von Beginn an ein gesellschaftliches Arrangement, das nach den Regeln der Gesellschaft verläuft und zu entsprechenden Glückszuständen führt, das Leben zu zweit ist ein Leben zu dritt, zu viert und so weiter, ein vorgezeichneter Weg, von der Sippe gerahmt. –
Wenn eines Sonntags Bork alles über hätte und nichts mehr sehen, hören, spüren möchte, ein Taxi nähme, das sie zu den am Sonntag diensttuenden Apotheken bringen müßte, zum Arsenal gegen Krankheiten und Schmerzen, gegen Unwohlsein aller Art, Bork könnte wählen, in fester oder flüssiger Form, verzuckert, mühelos. Diese Freiheit hat Bork, die Wahl der Tötungsart, das Vergessen auf Zeit oder für immer. –
Aber warum fliehen, vor was Angst haben im Frieden von Bahl, wo die Vogelstimmen dominieren und die Eichhörnchen im Eichhornweg anzutreffen sind, hinter immergrünen Hecken die Weite grüner Rasenflächen liegt und die Sommersonne den Glanz der prächtigen Sommergärten erhöht, wo das klare Wasser in Bassins und Vogeltränken spiegelt, in Berieselungsanlagen netzt, Fontänen versprüht, Pflanzen und Tiere und Menschen labt, wo man plaudernd auf Wohnterrassen sitzt, unter Marquisen, Sonnenschirmen, überdachten Anbauten, am runden Tisch, am Kamin, in weichen Fauteuils, Schaukeln, Peddigrohrliegen, auf grazilen, rustikalen, witterungsbeständigen Stühlen und Bänken, den Sommer zu Gast im Garten hält. Die frische Kühle eines Morgens, die lauen Abende, wenn der Mond im Kirschbaum hängt, und regelmäßig das leise Klirren

der Bestecke auf Porzellan, unvermeidbares Klirren, das durch dichte Hecken dringt und leises Lachen, Stimmen, die sich zu erzählen haben, sich verständigen wollen, vielleicht sich verstehen, aber das müßte bewiesen werden. Auf einen singenden Vogel kann die Katze lauern, im Eichhornweg jagende Hunde passen, das glasklare Wasser vom nächsten Windstoß getrübt werden, das Idyll Bahl könnte ein Getto sein, nichts spricht dagegen, man etabliert sich in Grenzen, im Getto einer Klasse, spricht ihre Sprache, respektiert ihre Gesetze, Regeln und verschenkt einen Raum persönlicher Freiheit, seine Phantasie, eine Möglichkeit der Veränderung, die Freiheit, anders zu sein.
Wie sich die Bilder gleichen, die Bilderbuchidyllen im behaglichen Rahmen, die Figuren, die Legenden der Figuren, ihre Wohlanständigkeit, ihre Sattheit, ihr Abgesichertsein, wie sich ihre Ideale gleichen, ihre Neigungen und Ziele, ihre Arbeitstage, ihre Feiertage, ihre Feste sich gleichen, wenn eingeladen wird, weil man eingeladen wurde und eingeladen werden wird, ein Perpetuum mobile, das das Idyll in Bewegung hält, das Vakuum füllt.
Und schließlich, wohin könnte Bork fliehen ohne Muttis aller Jahrgänge, aller Kategorien anzutreffen, und von Muttizöpfen geknebelt zurückspediert zu werden, an Generationen von Muttimumien vorbei und ihren selbstmörderischen Doktrinen, ihrem Muttibrunstgeschrei nach dem Ehemann und Vater, dem guten Gatten, der die Kohlen bringt und dafür beglückt wird. Mit Mutti ins Bett, ins Vergnügen, in die Freizeit, Mutti macht alles möglich, denn: «Das Heim muß warm sein», sagte Mutti, während sie mit geschlossenen Augen eine neue Schicht Sonnencreme auf ihre kleine Nase strich, «wenn sich ein Mann wohlfühlen kann, läuft er nicht davon», sagte sie und blinzelte forschend in die Runde der gebräunten Sonnenanbeter, in modischen Skidreß verpackter Weiblichkeit, «man muß schon etwas bieten», sagte sie und hatte eineinhalb Kilo Rindsfilet nach St. Moritz mitgenommen. «Was ich koche, schmeckt mei-

nem Mann», sagte sie, «nach dem Skilaufen bekommt er seinen Kaffee mit Kuchen wie zu Hause und abends kochen wir richtig, nicht wie meine Schwägerin, aber ich will nichts gesagt haben, obwohl die Wohnung hier dreckig und am neuen Eisschrank eine Ecke abgeschlagen war, wie das passieren konnte, und keine Entschuldigung, aber ich habe einen guten Mann, nicht kleinlich in solchen Sachen, seine Ruhe geht ihm darüber, und die lasse ich ihm, warum nicht, die Kinderhosen nähe ich selbst, gerade weil wir ein Sportgeschäft mitten in München haben, aber wenn andere Zeiten kommen, tue ich mich leicht.»
Andere Zeiten? Als Großmama noch längst nicht die Großmama war, stand sie, eine kräftige Statur, von Wasser umspült, die Badehaube mit Riemchen unterm Kinn festgezurrt, im See und unternahm mit den Kleinen die ersten Schwimmversuche. Das Foto ist vergilbt, aber das Bild der stolzen Glucke, die ihre Anbefohlenen über Wasser hält, ist zeitlos, solange Frauen als hauptamtliche Muttifiguren und Patronas ihrer Familien die Rolle ihres Lebens verspielen.

17

Neunzehnhundertfünfundvierzig, ein Februarabend in der Pension Eckart und statt der Pensionsgäste eine Schulklasse, zwölf- und dreizehnjährige Mädchen, die auf den Lehrkörper warteten, zwei Damen und einen Herrn, aber davon später, und statt eines beflissenen Wirtepaares eine hagere, Malzkaffee schlürfende, schwarzgekleidete Alte, die lauernd im Zimmer mit der Aufschrift «Privat» das Treiben der ungebetenen Gäste durch eine mit Tüllstoren bespannte Glastüre verfolgte, nebenbei einen Schwarzsender eingestellt hatte, über ihren Volksempfänger ungefilterte Auslandsnachrichten abhörte und dabei ihr Leben riskierte, auch das ihrer Töchter, noch wenige Monate vor dem Zusammenbruch des Hitlerdeutschlands, zwei hellhäutige

Frauen mit rotem Haar, in schwarzen Kleidern wegen dem Vater, dem Bruder, dem Mann? der vor dem Feind geblieben war für Führer, Volk und Vaterland, eine Unzahl geopferter Leben, betrauert, beklagt. Das Leben in den Stadtruinen war auf die Wehrlosen reduziert, auf nicht mehr wehrdienstfähige Alte und Kranke, Mütter mit Kleinkindern, Frauen, die der totale Krieg zwangsverpflichtet in Rüstungsbetriebe trieb, auch die Kriegsgefangenen, und die Vampire nicht zu vergessen, Kriegsgewinnler, deren Leben widernatürlich gedieh.
Wem es möglich war, zog mit seiner beweglichen Habe aufs Land, das vom Bombenkrieg verschont geblieben war, kam in Bauernhäusern unter, in Behelfsheimen als Ausgebombte, Flüchtlinge. Die Pensionen, Gasthöfe und Hotels der Kurorte erhielten Einquartierungen, Verwundete auf Erholungsurlaub oder Schulkinder, die durch die Kinderlandverschickung aus den verwüsteten Städten klassenweise deportiert worden waren. Ein Februarabend in der Pension Eckart, von einer Deckenleuchte spärlich erhellt, ein dunkel getäfelter Aufenthaltsraum, dunkle Holzstühle mit den Füßen nach oben auf die verwaisten Tische gestellt, es soll Zeiten gegeben haben, wo kein Platz mehr zu finden gewesen war, aber das ist lange her, der Komfort nicht mehr genügend, ein kaltes dunkles Haus, ein düsterer Abend, die Mädchen saßen auf den restlichen Holzstühlen im Kreis wie befohlen und warteten auf den Lehrkörper, zwei Damen und einen Herrn. Vielleicht schneite es unterdessen auf Buckelwiesen, Tannenwälder, Latschen, auf das Moor, den Brunnen mit Kröten, auf die Allgäuer Berge. Oder war es sternenklar? Es ist nicht wesentlich für diesen Abend in dieser Pension in dieser geschlossenen Gesellschaft, es war noch nicht lange her, als das Kind nach den Sternen schaute, bis es auf den Hinterkopf fiel und die Sterne seinen Kopf durchbohrten, seine Augen sekundenlang von weißglühenden Pfeilen geblendet wurden. Das Kind war eines der Schulmädchen im Kreis. Ein gespenstischer Abend, der Jahrestag der Brandnacht in der

süddeutschen Stadt, aus der sie evakuiert worden waren, Betroffene, die mit einer besinnlichen Feier erneut konfrontiert werden würden, schon stellten zwei Damen und ein Herr im Lehrerzimmer die Zeitungsausschnitte zusammen, verteilten die Rollen für ihren Digest aus heroischen Worten, markigen Appellen und Hetzkampagnen gegen ein Feindbild, verzerrte Perspektiven einer verzerrten Welt, obendrauf die tranigen Klagen über den unwiederbringlichen Verlust von Menschen, Bauten, Kunstschätzen, Denkmälern, das «Deutschland über alles» zum würdigen Abschluß und Ausklang. Noch warteten die Mädchen gelangweilt oder müde und unlustig, gelegentlich ein Kichern, das am dunklen Getäfer brach, zersprang, ein seltsamer Abend, eine seltsame Stimmung, eine seltsame Feier, zu wenig konkret für Schulmädchen dieses Jahrgangs, zwischen Damals und Heute lag ein Frühling, ein Sommer, ein Herbst, ein Winter, ein Ostern, ein Weihnachten, ein Geburtstag. War es nicht lustig gewesen, in geliehenen Kleidern neu zu beginnen, plötzlich Gummistiefel zu besitzen, die das Kind bisher vergebens gewünscht hatte, Papier, Tinte, Feder zuerst kaufen zu müssen, bevor geschrieben werden konnte, war es nicht ein lustiges, außergewöhnlich spannungsreiches Jahr gewesen? Spontan begann das Kind mit dem Übernamen Pips zu singen, seine dünne helle Stimme brach die beklemmende Stille, stellte alberne Takte gegen die Melancholie, die aus den Ecken kroch, offenbar eine bekannte Melodie, denn Pips blieb nicht allein. Dora, die schon einen Busen bekam, sang lauthals «In der Nacht ist der Mensch nicht gern alleine...», und die schwarzhaarige grazile Rosel steppte ohne an das schonungsbedürftige Parkett der Pensionsinhaberin zu denken, dazu klatschten die Mädchen im Rhythmus, klopften mit den Füßen, sangen, lachten, alberten und tanzten, bis schließlich die Türe, eine dunkel gebeizte Schiebetüre, heftig aufgezogen wurde und ein zornrotes Lehrergremium die Mädchen erstarren ließ.
Drei Damen und ein Herr: an der Spitze die Lagerleiterin, eine

herbe hochgewachsene Mitvierzigerin und bewährte Studienrätin für Deutsch, Erdkunde und Geschichte, gefolgt von einer in jeder Beziehung zu klein geratenen Hilfslehrerin für Englisch und Biologie, gefolgt vom Lehrer für Mathematik, einem fünfzigjährigen Glatzkopf mit Augen von verwässerter Farbe, der mit Vorliebe Trachtenanzüge trug und dessen gebückte Haltung an sein Ettaler Klosterleben zu erinnern schien, wo er als Pater an der Klosterschule unterrichtet hat, bis sie den Machthabern in Nazideutschland nicht mehr genehm war. Und schließlich die Mädchenführerin, eine jugendliche Soldatenbraut, die den Mädchen das Marschieren in Reih und Glied beizubringen hatte, auch Marschlieder, die zweistimmig durch den Kurort dröhnten, wenn die Mädchen ausgerückt waren, was gelegentlich auch Mißfallen erregte und zu demonstrativen Kundgebungen jugendlicher Einheimischer führte, die Steine in die geordneten Reihen warfen, was die Mädchen prompt, gegen die Weisungen ihrer Führerin, auseinanderstieben ließ. Auch die kollektiven Andachtsübungen zu Beginn und Ausklang des Tages oder zum Geburtstag des Führers gehörten zum Metier jener willigen Braunmaid, die Frieren als Charakterschwäche empfand und randvoll kerniger Sprüche steckte, die sie gerne verkündet hat. Im Augenblick schien sie sprachlos, stand als stummes Mahnmal neben dem stummen, gebeugten Mathematiklehrer und der bleckenden Hilfslehrerin, während die resolute Lagerleiterin die pietätlose, verdorbene Bande von Mädchen mit wüsten, nicht weiter zitierenswerten Worten beschimpfte, jene «Pips» in den Rauchfang verwünschte, noch ein böses Nachspiel androhte, um endlich die Eingeschüchterten in ihre Zimmer zu entlassen. –

Das Lager, Leiter und Geleitete, waren eine nach außen geschlossene Einheit, ein Fremdkörper in der Gemeinde, unabhängig von den örtlichen Belangen. Auch weit genug von der übergeordneten Schulbehörde und dem Elternhaus entfernt, um eine eigene, den Verhältnissen eines kriegsbedingten Schul-

lagers auf unbestimmte Zeit angepaßte Ordnung durchsetzen zu können. Neue Wege zu beschreiten, im freien Austausch von Erfahrungen, Eindrücken beispielsweise, zwischen Lehrern und Schülern, verschiedenen Generationen im gleichen Boot? Der Dialog unterblieb. Dafür Mißtrauen von Lehrer zu Lehrer, von Schüler zu Schüler, Vorurteile zwischen Lehrer und Lernenden, eine Ordnung wie gewohnt, abgesichert, von oben nach unten wirksam mit Maximen, Richtlinien, Weisungen, Geboten, die den ethischen Wertvorstellungen der Lagerleitung entsprachen, die wiederum ihren Lebensumständen und den herrschenden Maßstäben ihrer Zeit verhaftet waren. –
Das Kind Pips wird nun besser das Mädchen Pips genannt, mit Sommersprossen, braunen Zöpfen und bernsteinhellen Augen, eine Farbe, die dem Herrn Professor so verdächtig schien, daß er Gelbsuchtsymptome festzustellen glaubte.
Einen anderen Tag bekam das Mädchen Pips einen Brief nicht ausgehändigt, bei Verdachtsmomenten sah die Lagerordnung das Öffnen der Korrespondenz vor. Ein blaues gefüttertes Kuvert im fünften Kriegsjahr war hinreichend verdächtig, noch mehr ein Absender, der mit Konrad begann, die Lagerleitung war sich einig, und der Professor nahm die Sache in die Hand, ging ins Studierzimmer der Mädchen, stellte sich in Positur und begann, von seinem für Kriegszeiten beachtlichen Wanst unterstützt, den Inhalt des Briefes genüßlich vorzutragen, während seine wasserhellen Augen auf Pips gerichtet waren, die überrascht zuhörte, auch keine Reaktion zeigte, als der Herr Professor mit Zwischenbemerkungen die Lacher einfing, über den Schmierer Konrad, der noch nicht einmal trocken hinter den Ohren sei, womöglich noch die Hosen vollhabe, he?, mal tüchtig durchgebleut gehöre, das habe noch immer gewirkt. Das Mädchen Pips saß schweigend, vom Spott getroffen. Bis zur Bombennacht waren sie unzertrennlich gewesen, auf dem Eisplatz, auf Rollschuhen, auf der Schlittenbahn, in der Schule, zu Hause, in den Musikstunden, auf zahlreichen Fotos waren

sie gemeinsam zu sehen, und nun hatte Konrad geschrieben. Konrad saß in einem schaukelnden Kahn mit eingeholten Riemen und schrieb auf blauem Papier von seinen Gefühlen, von den Wellen, dem Wind, vom Tag, von seiner Zuneigung zu einem Mädchen, das dafür ausgelacht wurde, immer wieder, der Herr Professor hatte ein gutes Gedächtnis und einen seltenen Humor, Konrad wurde ein Alptraum. Als er nach Kriegsende vor der Haustüre des Mädchens stand, warf es entsetzt die Türe ins Schloß und verkroch sich im Keller, bis das Läuten aufhörte.

Nach Kriegsende, das heißt nach der totalen Niederlage von Nazideutschland, nach der Aufteilung des Landes und seiner Hauptstadt Berlin in vier Besatzungszonen und der Besetzung durch die Siegermächte Amerika, Rußland, Frankreich und England.

18

Kurz vor Kriegsende hatte sich das Lager aufgelöst, waren Lehrer und Schüler in alle Richtungen geflüchtet, solange das Verkehrsnetz intakt gewesen war, in zerbombte Städte, gefährdete Dörfer, wo sie ihre Angehörigen wußten. Das Chaos schien unausweichlich, der Kriegsschauplatz rückte stündlich näher und erreichte das Dorf, wo das Mädchen Pips untergekommen war.

Die schwarzen Nachrichten überborderten. Das Dorf solle bis auf den letzten Stein verteidigt werden, den Bürgermeister habe sein voreiliges Aufziehen der weißen Fahne das Leben gekostet, die Brücken seien zur Sprengung vorbereitet, man müsse gefaßt sein. Die Dorfstraßen lagen leer, die Höfe aufgeräumt, alle Türen waren verriegelt, die Fensterläden geschlossen am hellen Tag, mitten unter der Woche schon Feierabendruhe im schwäbischen Dorf. Wo blieben das Glocken-

geläute aus den Zwiebeltürmen der evangelischen und der katholischen Kirche, die Beter in ihren Sonntagskleidern, mit Arbeiten und Beten gingen ihre Jahre. Die Stille lastete auf dem Dorf, ein Leichenlaken, ein todbringender Mahr, eine tödliche Gefahr, ein Geschoß, das, schon abgefeuert, unaufhaltbar seinem Ziel näher kam, an diesem sonnigen Maitag, der noch die Kellerräume der Molkerei aufzuhellen schien. Das Mädchen stand unterm Kellerfenster, sein Onkel war hier der Chef, ein bauernschlauer Genießer, stiernackig mit Bürstenkopf und kleinen schwarzen Augen im feisten Gesicht, seine Hände in den Hosentaschen erwartete er die Amerikaner, als Nazigegner hatte er nichts zu befürchten, wie er glaubte, das Blatt wendete sich. –
Plötzlich waren sie da. Die gleichen gepanzerten Walzen wie in der «Deutschen Wochenschau», die gleichen müden verschlossenen Gesichter unter den Stahlhelmen, die gleichen schußbereiten Gewehre, aber greifbar, real, mitten im schwäbischen Dorf. Zwischen Höfen und Tennen, unter den Kastanien des Dorfplatzes, vor dem verwaisten Bürgermeisterhaus, dem Pfarrhof, der Schule, an der Rampe der Molkerei, das fremde Olivgrün der amerikanischen Panzer und amerikanischen Uniformen, die fremde Sprache amerikanischer Soldaten. Der Onkel des Mädchens hörte die fordernden Rufe der Panzerbesatzung und zeigte sich, gewohnheitsmäßig die Hände in den Taschen, unter der Türe seiner Molkerei als angesehener Bürger der Gemeinde, der den Krieg offensichtlich gut überstanden hat, ein Taktiker, ein König zeigte sich mit reiner Weste, bis ihn die bedrohliche Gewehrmündung eines schwarzen Soldaten auf seiner breiten Brust sekundenlang das Fürchten lernte und er endlich mit erhobenen Händen vor den Siegern stand. –
Die bedingungslose Kapitulation war eine Wende, die der Bürger erleichtert zur Kenntnis nahm, um zur gewohnten Tagesordnung überzugehen. Der süddeutsche Raum wurde ameri-

kanische Besatzungszone, aber man lebte nicht mit den Amerikanern, sondern neben ihnen, unter der amerikanischen Besatzungsmacht, und wer sich mit ihr liiert hat, war suspekt, er konnte kein guter Deutscher sein. Zwölf Jahre Nationalsozialismus waren für die Mehrheit kein Grund, am Deutschtum zu zweifeln, nach den Ursachen der Katastrophe zu forschen und sich mit in Frage zu stellen. Die Bilanz eines Mitläufers verbuchte die eigenen Verluste, man pflegte seine Wunden und wusch sich dabei rein, blieb der Unwissende ohne Geschichtsbewußtsein. Man empörte sich über einen Negerbanausen, der den verblühten Fliederstrauß samt Vase durch das geschlossene Fenster der beschlagnahmten Villa warf, über die Vandalen, die mit dreckigen Stiefeln den Plüsch der guten Stube ruinierten, über die flegelhaften Soldaten, die kaugummikauend den Mädchen nachstellten, über die deutschen Mädchen, die dem Kaugummi oder der Schokolade, dem Cola, Nescafé oder der Liebe erlegen waren, dreckige Amihuren, die es sogar mit den Schwarzen trieben, Soldatenwitwen mit Kindern, die vom Feind behaglich lebten, vor so was konnte der gute Deutsche nur angewidert ausspucken, man hatte seine Prinzipien, Thesen, seine feste Moral. Man hatte auch seine Plünderer in der Stunde Null, Hyänen, die den Kadaver rissen, verlassene Geschäfte geräumt haben, gehortete Stoffballen davonschleppten, im Zucker wateten, die Waren kannenweise, kartonweise zusammenrafften, sich hemmungslos en gros bedienten, und man hatte seine Schwarzhändler, die der Hunger weniger begabter Volksgenossen mästete. Man hatte seine Bäuerlein, deren Hühner goldene Eier legten in dieser Zeit, wo man eine rechte Mahlzeit mit Kostbarkeiten aufzuwiegen pflegte, Werte, an denen man nicht herunterbeißen konnte, gegen Naturalien getauscht wurden.

Noch in den Hungerjahren der Nachkriegszeit wurden materielle und ideelle Werte ebenso wie Fähigkeiten und Titel an ihrem Nutzwert, der höheren Chance zu überleben, gemessen.

Die Situation war mit Schiffbrüchigen vergleichbar, die mit dem Gefühl, davongekommen zu sein, unter kargen Umweltverhältnissen das Überleben praktizieren.
Die sozialen Konturen verschwammen. Leute der Führungsschicht mit brauner Vergangenheit standen auf der Straße, ihres Amtes enthoben; das Denunziantentum blühte. Die kleine Zahl der Unbelasteten machte beispiellose Karriere, eine weiße Weste genügte als Befähigungsnachweis für Schlüsselpositionen, die ihnen mehr Macht und Ansehen brachten, als sie zu bewältigen imstande waren. Jeder verfügbare Raum war mit Ausgebombten und Flüchtlingen belegt, oder Hausbesitzern, deren Häuser auf unbestimmte Zeit von der Besatzungsmacht beschlagnahmt waren. Auch die Bewohner des Herrenhauses waren von einer amerikanischen Familie abgelöst, die unbelastet *the american way of life* einführte.
Die soziale Umschichtung, die der Krieg und der vollzogene Machtwechsel mit sich brachte, schienen gute Voraussetzungen für eine neue Gesellschaftsordnung. Litten nicht alle – mehr oder weniger – in diesen Nachkriegsjahren, mangelte es nicht allen an Kohlen, Lebensmitteln, Bekleidung, Möbeln, Wohnraum, hatten nicht alle persönliche Verluste zu beklagen, Gefallene, Vermißte in ihren Familien, Kriegsgefangene, um die man sich sorgen mußte, waren nicht alle betroffen?
Was für Chancen, Möglichkeiten, der Countdown war da, mit ihm das Nachrichtenmagazin *Der Spiegel,* die *Zeit,* die Gruppe 47, Konrad Adenauer, Kurt Schumacher, Theodor Heuß, neue Namen, neue Tendenzen in der Politik, in der Kunst. Das Enttrümmern, das große Aufräumen begann, ohne das Bewußtsein der Mehrheit zu tangieren, ihr Schablonendenken zu verunsichern, ihre Götter zu stürzen. Die Tatsache, die Grauen eines Weltkrieges überlebt zu haben, in der gleichen Epoche zu leben, die gleiche Nationalität zu besitzen, in der gleichen Sprache sich auszudrücken, unter den gleichen Nachwehen zu leiden, genügte nicht zur Solidarisierung. Man nahm die eigenen Ein-

bußen hin, aber war nicht bereit, freiwillig mehr Terrain abzutreten. –

Das Mädchen erlebte die Nachkriegsperiode eindimensional, von der privaten Seite eines Teenagers, apolitisch und verträumt, in einer Familie, deren Habe auf einem Leiterwagen Platz gefunden hat. Ausgebombte, die in einem Einfamilienhaus zwei möblierte Zimmer mit Küchenbenützung zugewiesen erhielten. Als Schülerin eines Mädchengymnasiums mit strengen Regeln, die auch die Freizeit der Schülerinnen reglementierten. Der Besuch eines Kinos, der Tanzstunde, einer Tanzveranstaltung war nur mit schriftlich eingeholter Erlaubnis gestattet. Das Essen von Speiseeis auf der Straße ebenso verpönt wie das Tragen von langen Hosen. Doch das Mädchen fügte sich problemlos in die Gegebenheiten Elternhaus und Schule.

Der Unterschied zwischen den eigenen kleinen Verhältnissen und dem bürgerlichen Milieu in der Einfamilienhauszone «Gartenstadt» war nicht schmerzend, das Untermietersein nicht diskriminierend. Noch war die Kriegswirrnis nah, der unverschuldete Verlust von Besitz jedem gegenwärtig, noch konnte jeder von heute auf morgen durch die Besatzungsmacht aus seinem Haus gewiesen werden.

Der totale Verlust ihrer Habe ließ die Familie des Mädchens auf neutralem Boden stranden, im sozialen Niemandsland ansiedeln, was dem Mädchen entgegenkam. Es fühlte sich ohne soziale Klassifizierung wohl und konnte unbefangen sein Selbstverständnis finden, den Platz einnehmen, den es glaubte beanspruchen zu können. Es fand Freunde in der Gartenstadt, war dabei, auch wenn Kleider und Ausrüstung mangelhaft waren, bei kulturellen Veranstaltungen, beim Tanzen, Segeln, Skilaufen. Auch wenn die Familie des Mädchens durch die weitere Beschlagnahme von Häusern zum Verlassen, Aufgeben, Umziehen gezwungen wurde und der schlechte Gesundheitszustand des Vaters eine weitere Belastung brachte; auch wenn die konventionellen Ordnungszäune der älteren Generation den Freiraum der Jugendlichen in der Nachkriegszeit noch empfindlich einschränkten, blieb es für das Mädchen die Zeit ohne Verunsicherung.

19

Jener September auf dem Kalenderblatt könnte im Bergell, im Tessin oder Puschlav stattfinden, südlich der Alpen, wo das Licht den schäbigsten Stall verklärt, sein Glanz renovierbedürftige Fassaden aufhellt, wo die Granitplatten auf den Dächern glimmen und wildes Gesträuch silbern scheinen, an manchem Tag im September, während das Grün der Gräser und Blätter unmerklich bleicht, die Farben verströmen, ineinanderfließen, im Herbstbouquet flammen. Nicht auf dem Kalender, wo der September vom ersten bis zum dreißigsten des Monats als Bild eines Septembers erhalten bleibt, eine südliche Berglandschaft an der Wand, während der September vor den Fenstern schon das erste Frösteln bringt, der Nebel über Bahl nur zögernd weichen will, den frühen Abend noch mehr verfinstert, das Pflaster schwärzt. Dazwischen die Spätsommertage, ein Rest an Sommerwärme intensiv und vergänglich, Falter, ein üppiger Blumenflor in den Gärten von Bahl und die Stille, eine sakrale, mächtige Stille, in die jeder Pulsschlag als Hammerstoß fällt, während die ersten mürben Blätter sachte bewegt auf dem Boden drehen und bald von langen Besen zusammengekehrt werden.
Jener oder ein anderer September, es hat keine Bedeutung für Bork, deren Tage einheitlich abrollen, im Gleichmaß von Rosenkranzperlen, die durch die Hände eines leiernden Beters gleiten, ohne daß ein Ende abzusehen wäre, ein Wechsel der Leier, ein Verweilen, Stocken, Neuansetzen, eine Steigerung den automatisch verlaufenden sinnentleerten Vorgang beleben könnte. Jener oder ein anderer September, der Sommer ist vorbei, soweit ich es beurteilen kann, hat er nicht stattgefunden,

für Bork ging er unmerklich, ohne Erinnerungen, an denen sie sich wärmen könnte. –
Es war der vierte Monat, in dem Bork in Erwartung war, eine warme Sommernacht, in der die Fenster offen bleiben, die Schläfer leicht bedeckt liegen, von keinen Geräuschen gestört. Eine Nacht ohne Käuzchenrufe, ohne Katzengeschrei, eine sanfte mondhelle Nacht, kein Vorhang, den der Wind bewegt und keine Wasserspülung, die rauschend betätigt werden würde, eine ruhige Nacht, die ein entsetzter Hilfeschrei zerschnitt, der laut und langgezogen die friedlichen Schläfer erreichte, sie an ihre Fenster holte und lauschen ließ. Mitten in der Nacht sprang eine Frau aus dem Fenster eines Mehrfamilienhauses in Bahl, aus sieben Metern Höhe, zum Glück auf den Rasen. So was ist neu hier, und man wird darüber sprechen müssen, denn verrückt schien sie nicht, aber es war doch verrückt. Man wird von Psychologie sprechen am nächsten Tag und die Familienverhältnisse genauer betrachten, aber viel weiß man nicht, und man wird diese Verrückte, sollte sie mit dem Schrecken davongekommen sein, einmal zum Kaffee bitten. –
Wenige Stunden vorher war Bork angekommen. Es war keine Vergnügungsreise für Bork. Hat sie schon einmal eine Reise zum Vergnügen gemacht? Ganz sicher nicht, wenn sie in die Hauptstadt Schwabens fährt, oder ist man dort vergnügt, ist es eine Lust zu leben, am Leben zu sein?
Mit den Fuggern und Welsern, wo die reiche Handelsstadt mit ein Zentrum der Künste war, ist der Bürgerstolz des Mittelalters längst verblaßt.
Wer heute dort in Frieden leben kann, besitzt die Merkmale, die ihn zum typischen A-Bürger prädestinieren. Er ist fleißig und legt Wert auf Sauberkeit, auf Ruhe und Ordnung, was ihn mißtrauisch gegen jeden Verursacher von Unruhe und Unordnung macht; man orientiert sich an Bewährtem. Die Macht der Kirche und der Schlüsselfiguren in der Wirtschaft und des öffentlichen Lebens bleiben Bastionen auf Lebenszeit.

Natürlich hat die moderne Industriestadt ein «ausgeprägtes kulturelles und geistiges Eigenleben». Da sind die Städtischen Bühnen neben dem Marionettentheater, den Städtischen Symphoniekonzerten und dergleichen, die noch junge Universität, ein restaurierter Altstadtkern und zahlreiche kunsthistorische Sehenswürdigkeiten, die Kirchen, die Museen. Da sind olympiareife Sportanlagen und abbruchreife Spitäler, dort «Krankenanstalten» genannt. Ein kranker oder ein alter Mensch oder ein kranker, alter Mensch findet keine dem sozialen Standard der Stadt angemessene Pflege, wer ausgeschieden ist, hat keinen Komfort zu erwarten.

Diese Gefühlskälte ist es vielleicht, die dich schaudern läßt, wenn die Kirchtürme und die Fabrikschlote am Horizont aufsteigen, du dich über die schwäbisch bayrische Hochebene der Stadt näherst, landwirtschaftlich genutzte Anbauflächen mit Waldstücken dazwischen, eine fruchtbar gemachte Landschaft, deren Nutzwert berechenbar ist. Eine andere Betrachtungsweise, die das Gesicht der Landschaft nachformen würde, scheidet aus, was nicht in Daten erfaßt werden kann, ist nicht existent. Vielleicht war es das, was dich dort Jahre gelähmt hat, du bist kein Rebell, man kann dich dirigieren, wenn du heute nach Augsburg fährst, veränderst du dich mit jedem Kilometer, der dich näherbringt, überwältigt dich die Stadt. Du bist einer von ihnen, du erkennst ihre Sprache, das gespreizte Artikulieren der besseren Leute, das in den besseren Geschäften beginnt, ein schwäbisch gefärbtes Hochdeutsch, eine Imitation für Imitatoren, mit dem Stroh der bildungsbeflissenen Bürger gestopft; quacksalbernde Geister, die sich mit der Kunstsprache ein Alibi verschaffen.

Du sichtest die ersten Hüte mit Gamsbart bei Damen und Herren, strenge Formen in gediegenem Nadelfilz, darunter verschlossene Gesichter. Trachtenmäntel, Dirndlkleider, Lederhosen, das Markenzeichen des Süddeutschen, dominieren, aber dauerhaft und eintönig. Die Kopftücher der Frauen sind solide

unterm Kinn geknotet, im Sommer und Winter, praktisch und derb wie die Sprache der einfachen Leute. Der Bäuerinnen auf dem Wochenmarkt, die ihre Naturalien aus dem schwäbischen Hinterland anpreisen, du hörst ihre Zurufe, ihr zähes Feilschen. Du siehst die tüchtigen Händlerinnen, «am Morgen die erste, am Abend die letzte», da vergehen Schönheit und Flausen, in der Schürze sagt man, kann eine Frau einen Bauernhof wegtragen oder einbringen. Sprüche, Redensarten gibt es hier genug, ein gern begangener Weg ohne direkte, verbindliche Aussage seine Meinung anzubringen, seinen Kropf zu leeren, mit feststehenden Wendungen die Kargheit der eigenen Sprache aufzupfropfen.
Warum fröstelst du, zugegeben, das Klima ist hier rauh, aber es könnte an einem Sommertag sein und der Himmel in den Landesfarben im Ammersee spiegeln, dem Tummelfeld der Augsburger. Auf Linienschiffen, Ruderbooten, Segelbooten manövrieren sie aneinander vorbei, Demonstrationen ihrer sozialen Umstände oder Vorstellungen, ein Freizeiterlebnis, das, in solide Formen geronnen, die gottgewollten Unterschiede augenfällig bestätigt. Es sind immer die gleichen Leute, deren Wege sich kreuzen, auf dem Gymnasium, der Universität, im Geschäftsleben. Eines Tages haben sie ihr Haus über dem Kopf, ihre Praxis und Praktiken, ihre Kultur, ihre Sprache, ihre Statussymbole, ihre braven Frauen, ihre stolze Nachkommenschaft, ihr gesichertes Auskommen, ihren sicheren Anteil, ihre heile Welt. Der Kreis ist geschlossen und Unbefugten der Zutritt verboten, man läßt sich nicht in die Karten sehen, gibt den Garanten der Ordnung, was von Gesetzes wegen nötig ist, unterstützt die christlichen Parteien und die parteiischen Kanzelprediger. Der Besitzende mißtraut jeder Veränderung, sein soziales Verständnis wurde bei der Grundsteinlegung seines Vermögens mit eingemauert, nun ruht es unerschütterlich; solide wie die besseren Leute von Augsburg.
Die Verbrüderung erfolgt nur im Bierzelt, wenn die Schweins-

würste auf Papptellern dampfen, die Haxen, Brathennen und Steckerlfische ihre Abnehmer haben und die Kellnerinnen einen gewichtigen Strauß von Bierkrügen in jeder Hand, mit heißen Gesichtern, durch die vollbesetzten Tischreihen eilen. Auf dem Podium die Verstärkeranlagen und Mikrofone aufgestellt werden und die aufgekrempelten Hemdsärmel aller «rechten Mannsbilder» Bierzeltgemütlichkeit signalisieren. Wenn Posaunen, Trompeten und Tubas das Zelt erschüttern, Schlagzeug und Saxophon, und man taub sein müßte, um nicht von jenen Wellen gepackt in Bewegung zu kommen. Hautnah untergehakt von links nach rechts zu pendeln und umgekehrt wie der Zelthimmel und die Tische, die Maßkrüge, die Männer und Frauen an den Tischen, ein Kreisel, der einmal in Bewegung gesetzt läuft, durchdreht und endlich mit kräftigem Paukenschlag gestoppt wird.

Wenn es dich fröstelt, bist du ein Spielverderber, wer nicht mitspielen will, scheidet aus. Wenn die Juxbuben auf dem Podium stehen, wird am reservierten Platz der Dampf kollektiv abgelassen, man zeigt Bierhumor, das ist man sich schuldig, einmal kräftig auf die Pauke gehauen und pünktlich ins Bett, denn das Gaudimachen ist anstrengend für Leute, die das Vergnügtsein als Arbeit betreiben und nüchtern gesprochen lieber Geld machen, als beim Feiern und Festen dem lieben Gott einen Tag zu stehlen.

Aber was suchst du da? Was veranlaßt dich hinzufahren, welche Gräber suchst du auf, dort ist alles Leben gefroren. Ein drohend erhobener Zeigefinger lähmt deine Impulse, bannt dich in den vorgezeichneten Kreis, bewegungslos bist du der rauhen Witterung ausgesetzt, mit der Zeit wirst du nichts mehr empfinden, nichts mehr sehen, riechen, hören können, deine Sprache wird zum Lallen. Sprachblasen genügen zur Verständigung, Worte sind verloren, kaum ausgesprochen zerbrechen sie am Unverstand. Sei schweigsam, wenn du ankommst, warum nur fährst du hin, man fährt nicht wissend nach Augsburg.

Und immer das gleiche Gefühl, unterwegs von Bahl nach Augsburg: abgefahren zu sein, ohne ankommen zu wollen, unaufhaltsam befördert auf die Minute bestimmbar einzutreffen, ein Gefühl von Ausweglosigkeit, während im Schnellzugstempo deine bemessene Strecke durchfahren wird, denkst du nie an eine Notbremsung, als wenn nur die Konstellation von Bahl nach Augsburg oder Augsburg nach Bahl möglich wäre.
Was dir noch bleibt, liegt zwischen Abfahrt und Ankunft, eine Frist von Stunden, ein vergänglicher Zustand, der in Bildfolgen abrollt, die Poesie klarsichtiger Augenblicke mit Bahnhöfen, Stellwerken, Lichtsignalen, Schienensträngen, die verschmelzen und auseinanderstreben. Das abstrakte Bild einer Landschaft, die in rieselndem Schnee versinkt, von Nebelschwaden, die das Zugfenster vermauern, von Möwen auf Eisinseln. Der Frühling oder Sommer fehlen in deiner Erinnerung, blühende Kirschbäume, flatternde Wäsche, grasende Herden, aber du frierst nicht gern, wie ich weiß.
Frierst du leicht?

20

Es war schon Abend und Bork angekommen, du oder Bork zur Abendessenszeit in Bahl, das Gepäck im Gang der Dreieinhalb-Zimmer-Wohnung unausgepackt und Bork in der Küche. Später brachte sie das Kind zu Bett und bezog eine Couch mit Bettzeug für die Großmutter des Kindes. Dann packte Bork die Koffer aus mit erschreckender Gründlichkeit. Als ob die Sache keinen Aufschub dulde, sortierte und verstaute sie den Inhalt, dann die geleerten Koffer und Taschen.
Als Bork das Bad einließ, leise hantierend, den Brausekopf unter der Wasseroberfläche, schlief das Haus, zwölf Wohnungseinheiten mit Schlafenden in Elternschlafzimmern oder Kinderzimmern oder Wohnschlafzimmern in einer sanften mondhellen

Nacht bei geöffneten Fenstern, ohne Käuzchenrufe, ohne Katzengeschrei, eine stille Augustnacht in Bahl.
Du lagst im Schlaf, Bork, schlafend erreichst du Räume, die dir nicht bewußt zugänglich sind, Räume zwischen Traum und Wirklichkeit, du berichtigst mich, Bork, sollte ich unsachlich werden, deine Träume sind eindringlich genug. Klar und kompromißlos laufen sie ab, und ich frage mich: wie weit sind sie ein Teil von dir, aus welcher Bewußtseinsschicht brechen jene Träume aus, die dich zu Fluchtversuchen treiben, bist du der Mahr, der dich bedroht, zu Tode ängstigt? Entlaste dich von deinen Träumen, Bork.

I: Du liegst im Schlaf, schlafend fühlst du dich bedroht. Der Raum ist kahl, nur mit zwei Pritschen ausgestattet, auf der anderen liegt ein Mann, dein Wächter, dein Mörder, dein Entführer? Er ist dir fremd, mehr, eine Gefahr, eine Bedrohung. Würde er sich nähern? Ruhig, Bork, ganz ruhig, das laute Pochen wird ihn vorzeitig wecken, seine Visage dir näherkommen, leiser, Bork, und vorsichtig, dein Herz ist ein Trommler, seine harten Schläge wecken einen Toten, vorsichtig am Schlafenden vorbei zum offenen Fenster. Er ist die Katze und du die Maus. Er läßt dich laufen, solange es ihm Spaß macht, jetzt setzt er nach. Du springst aus dem Fenster, hältst dich noch am Fenstersims, aber das Gesicht steht über dir. Du mußt dich fallenlassen. –
Erwacht lagst du im Gras. Vor dir ein Haus mit Terrassen und geöffneten Fenstern, das du erkannt hast, der Zierbusch, der Trockenplatz, die Böschung zur Straße. Die Nacht war hell, und du hättest dich unbemerkt entfernen, den Sprung aus dem Fenster ungeschehen machen wollen. Hattest du vergessen, daß du in Erwartung bist, ein Sohn, da bist du sicher und daß du ihn nicht verlieren willst, bevor er geboren werden kann. Du konntest nicht mehr allein stehen, nicht mehr löschen, was geschehen war, nicht deinen Hilferuf, nicht deinen Fluchtver-

such. Langsam bist du um das Haus gekrochen, über den weichen Grasboden zum Eingang, wo du erwartet wurdest.
Weiter, Bork, du mußt zugeben, daß du des öfteren auf Traumreisen gehst und dich erwacht am Fenster wiederfindest, an der Türe oder sonstwo, wenn du schreiend ausgebrochen warst; was fliehst du, Bork?

II: Du hast ein noch leeres Abteil für Nichtraucher gefunden und richtest dich zufrieden ein; du bist erleichtert und spürst im gleichen Augenblick schon die Bedrohung, undeutlich im Rücken, du wendest dich ihr zu.
Das Monstrum ist weiß gespritzt und wuchtig, mit gewölbter Vorderfront und verchromtem Türgriff. Du erkennst es, ein Standardmodell ohne automatische Abtauvorrichtung, mit Gemüseschublade, Eierleiste, Käsefach. Du kennst sein Baujahr, den Preis, die Lieferfirma, seinen Standort, seinen in Litern meßbaren Inhalt.
Pouletschenkel. Salatköpfe. Würste. Milch. Cakes. Butter. Dosenbier. Ölsardinen. Eier. Essiggurken. Joghurtbecher. Speisenreste unter Frischhaltefolien. Gläser. Flaschen. Halbkonserven.
Du solltest die Notbremse ziehen; aber weiter.

III: Der Raum ist fensterlos und leer, eine solide Zelle mit einem Bretterboden, gekalkten Mauern, einer Holztüre ohne Klinke; wie du bald festgestellt hast.
Allein und isoliert oder eingesperrt oder begraben bleibt deine Zeit unversehrt und ohne Nebengeräusche, aber du hast Angst und schlägst mit aller Kraft gegen die Türe, bis sie zersplittert, aufreißt und dich freigibt.
Der Raum ist fensterlos und leer, eine solide Zelle mit Bretterboden, gekalkten Mauern und einer Holztüre ohne Klinke, wie du feststellen mußtest.

IV: Und diese Stadt. Dieser großzügig konzipierte gepflasterte Platz mit prächtigen Fassaden, Malereien auf purpurrotem

Grund, die dich anziehen, ein Wohlgefühl vermitteln. Du näherst dich dem Palazzo unter Arkaden, schiebst die mächtige Türe aus dunklem Holz auf, betrittst den Innenhof und stehst in einer Ruine. Ihre breite Treppe liegt unterm Schutt, du bist ernüchtert, aber du mußt bleiben; der Mann auf dem Schuttberg will es so.

V: Eiserne Grabkreuze im Zimmer der weißen Wandschränke, auch der blaue Miró ist ein Alptraum, gib es zu. Die eisernen Grabkreuze passen in die Geometrie dieses Raumes, in Reihen geordnet wie im Heldenfriedhof, aber der Raum ist dein Schlafzimmer. Über dem Kirschbaumstuhl liegen gewöhnlich deine abgestreiften Kleider, jetzt liegt der Tote da wie ein langes Kleidungsstück, ein toter Mann, das war dir klar, ohne Angst gehst du zur Türe, um einen Augenzeugen besorgt.
Erst das Licht löscht den Traum und deinen Toten. Der Augenblick blieb und deine Scham.

21

Ich komme dir näher, Bork, ich spreche nicht nur über dich, ich spreche dich an. Wo waren wir stehengeblieben, wo stehen wir? Beim Stoff, aus dem die Träume sind, ich wehre mich gegen deine Träume, Bork, und gegen meine Betroffenheit. Wir stehen im sonnigen Herbst, du wirst bestätigen können, daß es gegen Ende September geht, daß diesen Augenblick die Sonne scheint, ein Familienvater mit Bouillonextrakt hausieren ging, ein alter Mann seinen Knoblauch verkaufen wollte, daß irgendwo in der Sonntagsstraße die Wäsche aufgehängt, Eßbares zubereitet wird, Putzfrauen und Glätterinnen ihre Stunden abdienen, ein Hund an der Leine hängt. Aber keine Vermutungen, Bork, und keine Prognosen mehr, du solltest spazierenlaufen, Bork, der Augenblick ist ein Zugvogel, kaum wahrge-

nommen, löst er sich mit kurzen Flügelschlägen, verschwimmt am Horizont; der Augenblick ist ein Laut, der verhallt, bevor ihn das Gedächtnis notiert hat. Gehe, bewege dich, laufe durchs Wäldchen, es gibt keine bessere Bezeichnung für den schmalen Streifen Mischwaldes, der zwischen der Betonsiedlung und den Einfamilienhäusern verläuft. Die hochgewachsenen Stämme geben den Blick ins neue und alte Bahl frei. Dort die Siedlung, sonnige Rasenstücke, spielende Kleinkinder, achtsame Mütter, eine Gruppe Primarschüler, die zum Hallenbad strebt, zwischen den Hochhäusern ein Verkaufswagen, der weithin hörbar Hupsignale sendet. Hier die Büsche, Hecken, Zäune, Gartenanlagen, die Einfamilienhausreihen. Ein sonniger Tag im September, eine besonnte Siedlung und du im Schatten der Bäume, der von Stunde zu Stunde sich ausdehnt, in die Gärten der Anrainer fallen wird, auf ihre Häuser zukriecht, zum Haus, in dem du lebst. Du bist im Schatten mit einer Gänsehaut, die blendende Helle macht dich frösteln, nur ein paar Schritte nach dort und du würdest wohlige Wärme verspüren, aber du bleibst.
Unter dem schmalen Laubdach des Wäldchens verstreute Blätter von Birken, Buchen und Eichen, kein Mensch, kein Hund, kein Vogelschrei, kein Spinnennetz zwischen den Bäumen, keine lauernde Spinne, der Kies knirscht unter deinen Schritten, ein Geräusch, das du wahrnimmst und dir bestätigt, daß du am Leben bist. Jetzt trittst du härter auf, greifst aus, atmest wie befreit. In Grenzen, Bork, das Wäldchen ist in wenigen Minuten durchlaufen, du bleibst in deinen Grenzen. Jetzt bellt es, ein großer Hund in einem großen Garten, ein kräftiger Wächter muß es sein, wie man sie auf Höfen hält zum Schutz gegen Hühnerdiebe, Landstreicher und sonstiges Gesindel. Das hallende Bellen und ein Kirchturm gehören zusammen, ein Kirchturm im Dorf, um diese Zeit steigt der Rauch von Kartoffelfeuern senkrecht in die glasklare Luft, du riechst die Kartoffeln, die in der Glut geröstet werden. Dampfend heiß

herausgepellt und am Feuer gegessen, nahe der wärmenden Flamme bei Menschen sein, wenn die Felder abgeerntet liegen, die Sonne kraftlos scheint und die Tage kürzer werden, die Wärme ihrer Leiber spüren, den Winter in der Herde überstehen.
Nun werde nicht sentimental, du weißt sehr gut, daß du ein Idyll beschwörst, das du nicht kennst, vermutlich würdest du die Kartoffel zögernd aus dem Feuer holen und fallen lassen wie heiße Kartoffeln. Man kann Bedürfnisse über Träume leiten, aber nicht befriedigen, geträumte Poesie ist ein Dornröschen, das seinen Prinzen nötig hat. Hast du kein Laster? irgendein schönes Laster, einen animalischen Trieb. Nur ein gut dressiertes Weibchen beschränkt sich auf die Sicherheit hinter Käfigstäben. –
Deine Träume sind verräterisch, Bork, eine männliche Leiche im Schlafzimmer kann dich nicht erschrecken, ein toter Mann bringt dir kein Fürchten bei, der Tod hat ihn entmannt, glaubst du, entmachtet, ein schöner Traum? Im Märchen von den sieben Geißlein wird der erlegte Wolf umtanzt, aber du bist kein Kind, du bist eine Frau, die ihr Verhältnis zum Mann endlich zu überdenken hat.
Ich konfrontiere dich mit jenen Witwen, die hinter dichtem Trauerflor geborgen und von nahen Verwandten gestützt, am besten am Arm stattlicher Söhne, am offenen Grab ihres Gatten stehen, tapfer und tränenlos. Die an alles gedacht haben, was zu Ehren des teuren Toten an Aufwand notwendig schien, der im Leichenmahl seinen Höhepunkt fand. Auch der Grabstein wird den Verhältnissen des Verstorbenen und der Dankbarkeit seiner gut versorgten Witwe angemessen sein, das Grab mit Liebe gepflegt werden. Sein Bild wird in der guten Stube stehen, stets ohne Patina, im Portemonnaie mitgeführt. Das Andenken mit Redensarten über den Verblichenen mit frischen Blumen und Jahresmessen ebenso erneuert, wie die Gattin als ihr «eigener Herr» in eigener Verantwortlichkeit lebt. Den

Tribut zollt sie einer von Männern geprägten Gesellschaftsordnung, die die Mündigkeit der Frau noch als Witwe einschränkt, sollte ihr Lebensstil mit den Vorstellungen über achtbare Witwen nicht übereinstimmen, und sie mißbilligend oder spöttisch als lustige Witwe abhandelt.
Ich bedauere jene Frauen, die zuerst einen Ehemann begraben müssen, bevor sie, aus ihrer lebenslänglichen Abhängigkeit entlassen, ihre Lethargie überwinden können. Ich beklage ein System, in dem die zwei Geschlechter zweierlei Wertungen haben, der geringere Wert der Frau ihr die geringere Rolle zuordnet.

22

Was hältst du von der Liebe, fragte ich Bork, es war der letzte Tag im September, das Barometer stand auf Veränderlich und Bork war allein, nach einem Kuß auf die Wange allein mit ungeordnetem Bettzeug, dem gebrauchten Geschirr, den zerlesenen Zeitungen und den Wäschestücken, die in den Zimmern verstreut lagen. Also, was hältst du davon, fragte ich nochmals, und sie öffnete das Fenster zum Garten und sagte recht unverbindlich, daß Liebe ein hübsches Wort sei, was mich ärgerlich stimmte. Bist du zu dumm oder zu feige, sagte ich, um vorbehaltlos über die Liebe zu sprechen, über deine Erfahrungen mit der Liebe? Ein hübsches Wort, wiederholte Bork, recht brauchbar, variabel und anpassungsfähig, recht verbraucht. Und weiter, sagte ich, schon ungeduldig, du klebst am Wort, versteckst dich hinter fünf aneinandergereihten Buchstaben, hast du das Theoretisieren nötig, existiert die Liebe für dich nur als Begriff? Bork bückte sich nach einem Pullover, hob ihn auf und sagte, bemerkenswert liebenswürdig, daß Liebe ein Gefühl sei, also irrational, dabei legte sie den Pullover zusammen, daß es sich obendrein um ein subjektives, nicht nachvollziehbares Erlebnis

handle, das nur mangelhaft bestimmbar sei. Weiter, sagte ich, wie hast du die Liebe erfahren, liebst du und wirst du geliebt? Aber Bork wechselte den Schauplatz, ging vom ersten Stock in die Küche und brühte sich, eine Stunde nach dem Frühstück, neuen Kaffee auf. Sie trinke Kaffee nur wegen seiner anregenden Wirkung, meinte Bork, sie möge Kaffee nicht. Und was die Liebe betrifft, sei sie eine hübsche Umschreibung für Selbstbefriedigung bis Selbstzerfleischung. Man liebe, um Gegenliebe zu erfahren, lieben sei gleichzusetzen mit etwas begehren und besitzen wollen, sich einer Person bemächtigen, sie unterdrükken, erpressen, vergewaltigen, ihrer mit allen Mitteln habhaft werden. Deshalb sei die Diskriminierung der gleichgeschlechtlichen Liebe absurd, schließlich liebe jeder im Grunde nur sich. Rasch leerte Bork die Tasse. Aber was bleibt, wenn man die Liebe negiert? fragte ich. Die Sehnsucht, sagte Bork. –
So könnte ein Dialog mit Bork verlaufen sein. Falls ich mich getäuscht haben sollte, müßte sich Bork äußern, irgendwie Stellung nehmen, gegen die Unterstellung protestieren. Ich würde gern ihre Meinung hören, ihre unverwechselbare Aussage akzeptieren, meinetwegen könnte sie ausfallend werden, aus der Rolle fallen, den guten Ton mißachten, die Konventionen mit einem Schlag vom Tisch schieben und ein gutes Dutzend Liebesabenteuer auskotzen oder noch besser sich in Liebe üben, Liebe demonstrieren, in der City einen wildfremden Mann umarmen, eine Frau, ein Kind, die Welt. In der Öffentlichkeit einen Liebesmarkt abhalten, der Bedarf an Zärtlichkeiten, Zuwendungen, an Beifall soll groß sein, der Mensch will gestreichelt werden, wie man so sagt. Aber wie die Verhältnisse liegen, beschränken sich die zwischenmenschlichen Beziehungen auf den Austausch von Bedürfnissen, die von beidseitigem Interesse sind; einen Liebesmarkt gegen die Barbarei. Es scheint leichter, sein Geld zu verschwenden als seine Gefühle. Dabei gibt es soviel Bedürftige. Die Liebe hat ihren Handelswert und ihren Preis, den niemand entrichten will, man gibt sich

nicht aus, die Fähigkeit zu lieben ist kein Lehrfach, ihre Befähigung bringt kein Diplom. Was man nicht mit Geld aufwiegen kann, hat keinen rationalen Wert, das älteste Gewerbe der Welt ist eine Konsequenz, es lebt von der Mißachtung der Liebe. Wenn zum Leben die Liebe gehört, wenn ohne Liebe das menschliche Leben abstirbt, betriebe die Dirne ihr Geschäft mit Nekrophilen, vielleicht ein unmoralisches Geschäft, wenn ihre Wiederbelebungsversuche erfolglos verlaufen. –
Ich muß mich zur Ordnung rufen, Ermittlungen haben sachlich zu bleiben. Es besteht kein Grund, anzunehmen, daß Bork einen Wildfremden umarmen könnte, auch der Liebesmarkt scheint keine Notwendigkeit für Bork, vielleicht ist die Liebe für Bork ein Fremdwort, ein abstrakter Begriff, vielleicht hat Bork die Fähigkeit zu lieben verloren. Ich vermisse entsprechende Lebensäußerungen von Bork, irgendeine Konsequenz, Nora hat ihr Puppenheim verlassen, Nora ist nur eine literarische Figur, trotzdem wird es immer wieder Noras geben, dann und wann die Forderung auf gleichberechtigte Partnerschaft erhoben werden. Mein Bauch gehört mir, auch meine Gedanken, Gefühle, Sinne, mein Körper, mein Verstand, mein Leben. Wer lebt, verändert sich, die Ehe bleibt bestehen, ein Ordnungsprinzip aus archaischen Zeiten steht als feste Einrichtung, eine Bastion der Unfreiheit. Dann und wann Noras, die sich versündigen, gegen die Gesetze des Patriarchats verstoßen, Gottvater ist ein Regime mit Donner, Blitz und Bart, das Ende der Noras hieß bisher sozialer Abstieg, gesellschaftliche Ächtung und neuerliche Unterwerfung. Die Kapitulation vor der Vormacht des Mannes. Vor seinem Geld, seiner Zeugungsfähigkeit, seiner Geltung, vor seiner angemaßten Autorität, vor der «naturgegebenen» Ungleichheit der Geschlechter.

23

Ich fürchte um Bork, sie flieht jede Auseinandersetzung, schon das Wissen, daß ihre Stimme durch Nachbarwände dringen könnte, dämpft ihr Verhalten. Leise und höflich, wir haben noch immer einen sonnigen Herbst in Bahl und anderswo, eine Karte aus Wien läßt bei idealem Wetter grüßen, aus Kreta wird blauer Himmel gemeldet und kosmopolitisches Publikum, kein Wunder, es soll dort erstklassig sein, auch Meran hat milde Tage, aber Bahl bleibt Bahl, mit freundlichen Grüßen allseits kehrt man wieder zurück.
Noch bevor du deinen Morgenkaffee ausgetrunken hast, kehren Männer in orangen Arbeitskleidern, werden die Wege im Wäldchen geharkt, das Furchenmuster wird darauf schließen lassen, ob genaue Arbeit geleistet wurde, uns ein sauberes Bahl erhalten bleibt, unabhängig von der Jahreszeit sauber und ruhig. Sei also still, es genügt, wenn die Gedanken frei sind, gib keinen Laut, wenn du denkst, dann leise, knurren, bellen, fauchen, jaulen bleibt den Tieren vorbehalten. Man lärmt nicht in Bahl, man reißt nichts in Stücke, man fällt sich nicht an, überfällt niemanden, verhalte dich ruhig, beherrsche dich, es lebe die Künstlichkeit und ihr konservierender Effekt, der vor Gärungsprozessen aller Art bewahrt.
Vielleicht ist Bork aus knetbarem Material, beliebig zu formen, beliebig zerstörbar, dann könnte ich sie verändern, eine andere Bork entstehen lassen, aber wem diente das Experiment. So muß ich geschehen lassen, was weiter geschehen wird mit Bork, als ein Beobachter, der Tatbestände ermittelt und Vermutungen anstellt ohne in die Handlung eingreifen zu können.
Alles um Bork scheint dinglicher als Bork. Der Verlust an Substanz erschwert ihre gleichbleibenden Aufgaben, belastet ihr Verhältnis zur Außenwelt, ihre Beziehungen zu Menschen und Sachen, mit dem Verlauf der Tage schreitet die Entfremdung

fort. Dazwischen ein Gitarrenspiel, ein Lachen, eine Mitteilung, ein segelnder Drachen im Herbstwind, der Duft aus brutzelnden Töpfen, ein Blick auf die Stadt am späten Nachmittag, auf blaue Hügel, den Schwarzwald, den Jura, das hörbare Rauschen des Verkehrsstroms, Zeichen von Leben, die ihre Zerstörung für die Dauer der Wahrnehmung aufhalten. Kurze Augenblicke eines Aufenthalts, Zwischenstationen, die Bork bald verläßt, sich weiter entfernen wird; ist die Zerstörung unausweichlich, deuten die Konstellationen auf das Scheitern hin?

Wie weit ist das Hineingeborenwerden in gegebene soziale Strukturen bestimmend, wie lange bleiben die ersten Bezugspersonen dominierend, ihr Einfluß wirksam, wie weit ist das Verhalten der Bürger bis in den privaten Bereich durch ein politisches System lenkbar, wie weit wird der Mensch frei geboren, wie weit ist er unfrei durch das unfreiwillige Erbe seiner Vorfahren, das Zufallsprodukt einer Ahnenreihe, wie weit ist man vorprogrammiert; sich ausgeliefert?

Verhängnis oder Glück, ich wehre mich gegen die Einbahnstraßenideologie, gegen schicksalshafte Zwänge, der Mensch kann Vernunft und Phantasie aufbieten, wer lebt, kämpft gegen den Tod – ich meine nicht sein biologisches Ende – gegen den schleichenden Tod, der vorzeitig die Impulse lähmt.

Es ist möglich, daß Bork eines Tages am Fenster steht, nach draußen blickt, ohne etwas zu sehen, eine Amsel im kahlen Geäst oder mehr wahrzunehmen, was aufgezeichnet werden könnte. Daß Bork noch erreichbar und ansprechbar scheint und gerufen werden kann, ohne daß sie zu reagieren vermag, von einer spontanen Mitteilung betroffen wäre.

Es ist möglich, daß eines Tages Bork keine Mitteilung mehr erreicht, weil sie sich zu weit entfernt hat, während sie am Fenster steht, den Tisch deckt, die Blumen gießt oder sonstige normale Verrichtungen macht, daß Bork von keiner Stimme mehr zurückgeholt werden kann, die sagen würde: «Komm schnell! Wie spät haben wir? Ich sterbe. Ich brauche dich. Es

brennt.» Daß Bork nicht mehr erschreckt, nicht mehr verletzt, nicht mehr umarmt werden kann, gefühllos geworden, nichts mehr erfahren kann.
Es ist möglich, daß Bork von der Wirklichkeit getrennt in die Stille treibt, die Grenzen überschreitet, den Preis für ihre endgültige Befreiung entrichtet. Das ist möglich, aber nicht unabänderlich. Noch hoffe ich auf eine andere Wendung.

24

Kannst du deine Sommer vergessen haben, Sommer am Ammersee, seine glänzende Weite, Wasser im wechselnden Spiel mit Licht und Wind, die treibenden Boote, die grünen Uferränder, bewaldete Hügel, das Voralpenland, Sommerwiesen, reifende Felder und wieder Zwiebeltürme, immer die Zwiebeltürme, die Glocken, die Kirchen mit Gläubigen. Nach der Frühmesse mit dem Segen des Pfarrers versehen in den Badezug, und endlich durch die Birkenallee nach St. Alban zu Fischerhäusern, Bootshütten, einer Anlegestelle, von einer weißen Kapelle überragt.
Du könntest St. Alban vergessen haben, denn du hast kein Gefühl für Heilige, aber nicht das dämmrige Bootshaus, das Teeren, Streichen, Hämmern und Putzen an den verrotteten Booten der Freunde, das Flicken brüchigen Segelleinens, nicht die gemeinsamen Sommer auf dem Wasser, das Bad im See. Treiben ohne Gedanken an Umkehr, darüber der Himmel morgenhell oder nächtlich geschwärzt, abendrot, regenschwer, Teil eines Ganzen, in das du einbezogen warst.
Du sitzt an der Pinne der Hexe bei aufkommendem Ostwind, Gerald spielt auf der Mundharmonika, verhalten, romantisch, was für ein schöner Tag, wenn man liebt. Gerald schreibt täglich, mein Häschen, schreibt er und schickt seine Briefe durch Boten, einen Turm von Briefen mit der Zeit; dein Wende-

manöver spritzt euch naß. Ihr könntet mit der Hexe vor Anker gehen, in der kleinen Bucht baden. Ihr könnt euch lieben, während der Wind über den Schilf streicht, leise das Boot schaukelt und die lockeren Segel bewegt. –
Die Moral folgt in gebührendem Abstand, was wäre eine Geschichte ohne rechte Moral, sie legitimiert den Erzähler, und noch viele, die glauben, daß sie etwas zu sagen haben, leben nicht schlecht von der gängigen Moral. Bevor ich zu jener Moral finde, muß ich eine Geschichte loswerden, die Moritat vom Wolf und der Nackten, vermutlich wird sie gräßlich enden, das Thema verpflichtet. Der Ort der Handlung ist das Badezimmer, und die Dusche läuft. Eine reizvolle Nackte steht trällernd unter dem warmen Regen, fünfunddreißig Grad durch die Mischbatterie, Wasser perlt wohlig auf ihrer Haut, näßt das blaugrün gehaltene Wandmosaik und den Chrom, rieselt den Falten des gläsernen Duschvorhangs entlang, jetzt dreht sich die Nackte und schließt erschreckt die Augen.
Im rechten Augenblick, denn bevor weiterberichtet werden kann, stellt sich die Frage, wie kommt ein Wolf ins Badezimmer, ein Wolf gehört ins Märchen, in Brehms Tierleben oder in den Zoo, hier ist er eindeutig fehl am Platz, was wiederum die Geschichte zweideutig macht und den Erzähler als befangen abqualifiziert. Man errege sich nie voreilig, Geschichten sind variabel, der Wolf kann seine guten Gründe haben, vielleicht wurde er gefangen oder engagiert, vielleicht ist er der Besitzer des Badezimmers und die Nackte seine Frau, dann steht er zu Recht vor dem Plastikvorhang und betrachtet ihren Körper, taxiert Brüste, Schenkel, Rückenpartie, Gesäß, die Beine, bevor er sie mit Haut und Haaren verschlingen wird, denn ein Wolf bleibt wohl ein Wolf. Die Nackte spürt die Blicke des Wolfes und dreht den Wasserhahn bis zum Anschlag, steht im vollen Strahl, während die prasselnden Schläge ihre Haut röten, steht sie bewegungslos, läßt das Wasser laufen, über sich ergießen, steht wie angewachsen in der Nische.

Der Wolf wartet ohne ein Zeichen von Ungeduld oder er ist wasserscheu, das muß unbeantwortet bleiben, der Wolf gibt keinen Laut von sich, die Nackte schweigt, das Ganze wie ein Film ohne Ton mit reißerischem Titel, sein Ende ist vorstellbar. Aber warten wir noch ab, vielleicht ist der Wolfspelz der Tarnanzug eines Lämmleins, das die Zitzen seiner Mutter sucht. Vielleicht wird die Nackte mit Drakula gerufen, dann wäre sie weniger nackt hinter dem gläsernen Vorhang im gläsernen Regen, weniger bloß. Die Nackte dreht am Wärmeregler, sie scheint zu frieren, wie lange läuft fünfunddreißig Grad warmes Wasser aus einem Boiler, der achtzig Grad anzeigt und hundertfünfzig Liter faßt? Eine Stunde, weniger, mehr? Die Geschwindigkeit des Wassers pro Minute ist ausschlaggebend, mit dem Faktor Zeit muß gerechnet werden. In der Zeit liegt die Lösung, Anfang und Ende sind limitiert, nach einer berechenbaren Zeit wird das warme Wasser aus dem Boiler ausgelaufen sein, die Nackte unter der kälter werdenden Dusche stehen. Auch wenn kaltes Wasser so gesund wäre, wie angenommen wird, soll man nicht übertreiben; wie lange ist die kalte Dusche ein Vergnügen, gesund? Wie lange ertragbar? Auch Konditionen sind zeitunterworfen, die Nackte beginnt zu frösteln, friert eisblau, Drakula würde sich mit Wolfsblut erwärmen, mit Wasser gäbe sich Drakula nicht zufrieden. Es ist absehbar, wann die kalte Dusche für die Nackte mörderisch zu werden beginnt, mörderischer als ein Wolf, der ein Badezimmerbesitzer sein könnte, ein Lämmlein im Wolfspelz, ein Wächter oder selbst in der Falle sitzt. Sie muß den Verstand verloren haben oder bei Verstand erkalten, gefühllos geworden, dem Wolf das Fürchten lehren. Blankes Eis gegen Wolfszähne, das ist eine Möglichkeit, mir gefällt sie nicht. Das Ende zerklirrt in Eis.
Der Wolf könnte guten Tag sagen, einen Dialog mit der Nackten beginnen oder die Nackte mit dem Wolf, er müßte seine Absichten aussprechen, beispielsweise erklären, daß er sie fres-

sen muß, um am Leben zu bleiben. Sie könnte entgegenhalten, daß sie keinerlei Lust verspüre, von einem Wolf gefressen zu werden, aber das bringt keine Annäherung. Was nützt ein Dialog, wenn die Partner verschiedene Sprachen sprechen, sich nicht verstehen können. Wenn niemand dazulernen will, gibt es keine Synthese, oder erwarte ich zuviel, muß jeder artgemäß reagieren? Dann bliebe der Starke stark, der Schwache schwach, die Nackte dem Wolf überlassen. Die Suche nach einer konsequenten Antwort provoziert neue Fragen, ich bleibe wohl besser bei Fakten.

Du erinnerst dich an St. Alban, an das Bootshaus und die Freunde, an das Segelboot, das Hexe hieß, an Gerald, an jene kleine Bucht, an eure Liebe und die blinden Passagiere, die immer gegenwärtig schienen, Mutter Kirche und die gängige Moral kann man nicht vergessen haben. «Ein Mädchen muß sauber bleiben oder stürzt ins Unglück, lebt in der Schande, hat ein Kind am Hals, landet in der Gosse ohne braven Mann, von der Todsünde ganz zu schweigen.»

Gerald hat dir die Kunst des Segelns beigebracht, auch die Kunst, auf zwei Brettern einen Schneehang zu überwinden, aber nicht die Kunst zu lieben. Die Hexe liegt neben den anderen Booten mit losen Segeln am Steg, neben den anderen löffelt ihr – unter den wohlwollenden Blicken von Mutter Kirche und der gängigen Moral – aromatische Walderdbeeren. Am klaren Himmel ein Schwarm Vögel, eine scherenschnittartige Formation, die sich geräuschlos flatternd entfernt. Das Schilf vergilbt. Die Uferränder färben sich rot-rost-ocker ein, den Süden rahmen die Bayrischen Berge. Du siehst den Zugvögeln nach. –

Wie lebt man, ohne zu lieben? könnte ich Bork wieder gefragt haben, der Tag ist trübe genug, die regennassen Straßen leer. Bork sieht verfroren aus, sie faßt zwischen Daumen und Zeigefinger Teeblätter aus der Dose und wirft sie portionenweise in eine vorgewärmte Kanne, deckt zu, während das Wasser zu dampfen beginnt. Sicher bietet sie den Tee mit Zitrone und

Milch an, den Zucker in Würfeln, den Rum aus der Karaffe und irgendein würziges Teegebäck, während sie beiläufig erwähnen könnte, zu meiner Frage fiele ihr heute nichts Passendes ein, aber die jähe Kälte sei ihr zuwider, vermutlich liege alles am Klima. Dann wird sie Tee nachschenken und lächeln wie gewohnt oder die Geschichte mit Stephan erzählen, der im fünften Semester liebeskrank zum Denkmal wurde, während der Schnee sein blondes Haar deckte, Eiskristalle aus Brauen und Barthaaren wuchsen, eine böse Grippe den Schneeritter umschlich, der er zu erliegen drohte, nein, das ist keine Geschichte von Bork, sie wäre längst aus ihrer Erinnerung verbannt. Obwohl das Klima den Verlauf wesentlich beeinflußt hat und allgemein gefolgert werden kann, daß die Spontaneität unter schlechten Bedingungen erstarrt, unter Vorbehalten nicht mehr möglich ist. Arrangements erschlagen die Liebe, der Rest ist ein sanktionierter Kadaver, der bald zu stinken beginnt. Zum Stichwort Liebe hat Bork nichts beizusteuern, mit Figuren aus dem Panoptikum ist meinen Ermittlungen nicht gedient, ich habe kalte Füße und fühle mich der Sache ausgeliefert wie Bork. Wenn man sicher wäre, daß alles am Klima liegt, müßte ohne Verzug nach der Landschaft geforscht werden, in der man leben kann.

25

Als das Kind zum erstenmal das hohe Tor aus eisernen, dolchartig verlaufenden Stäben passierte, zum erstenmal das weitläufige Areal der Diakonissenanstalt betrat und in den roten Backsteinbau geführt wurde, geschah es nicht freiwillig, dafür zum Besten des Kindes, das, seit die Familie vom Dorf in die Stadt übergesiedelt war, einsam zu sein schien, ohne gleichaltrige Spielgefährten, was die Mutter des Kindes veranlaßt haben muß, den nächstgelegenen Kindergarten aufzusuchen.

Nachdem a) das Prinzip der Diakonissinnen, daß im evangelischen Kindergarten nur evangelisch getaufte Kinder Aufnahme finden können, für diesmal fallengelassen wurde, b) der Vater des Kindes bereit war, den monatlichen Beitrag aufzubringen, was der bescheidenen Verhältnisse wegen rechnerische Manipulationen nach sich zog, die wiederum dem Kind nicht verborgen bleiben konnten, das c) ganz gegen seine Einweisung in jenen Kindergarten war, dessen Betrieb es wiederholt durch den eisernen Zaun beobachtet hattte. Von seiner Mutter aufmerksam gemacht, an schönen Tagen bei Gängen zum Markt, sah das Kind die Kinder unter Anweisung einer Schwester spielen. Sie hielten sich an den Händen und bewegten sich, wenn geklatscht wurde, oder standen lange Zeit im Kreis, was das Kind als langweilig empfand, und es lieber zum Markt gehen wollte als zu den Kindern der Diakonissin und deshalb undankbar schien.
Als das Kind – es war der erste September nach dem fünften Geburtstag – das Haus aus roten Backsteinen betrat, wurde es zuerst mit den Regeln des Hauses vertraut gemacht. Nachdem es seine Schuhe abgestellt hatte, bekam es einen freien Haken für die Kleider zugewiesen, der mit einem Bild gekennzeichnet war, mit der Pechmarie aus Frau Holle, ebenso der weitere Haken, wo das Handtuch aufzuhängen und pünktlich zu wechseln war, und das Kind, dem die Haken oder die Pechmarie vom ersten Augenblick mißfielen, beschloß, sie besser nicht zu benützen.
Aber die Haken waren unausweichlich wie die Bastelarbeiten, die regelmäßig mißrieten, dem Kind den Zugang zum heiß umworbenen Kasperlespiel versperrten, das als Belohnung für geschickte Kinderhände ausgesetzt war. Das ungeschickte Kind begann die Ursache des schmerzlichen Entzugs von Herzen zu hassen und hantierte noch ungeschickter, was wiederum nicht folgenlos bleiben konnte. Seine Ungeschicklichkeit in manuellen Arbeiten paßte zu seiner bäuerlichen Sprache, die es von

den anderen Kindern unterschied, zu seinen farbigen Schürzen. Stadtkinder trugen sie weiß. Sie paßte zu seinem auffallenden Benehmen – Stadtkinder waren leiser –, zu seinem anderen Taufschein.

Wenn das Kasperle nicht gewesen wäre, das Kasperle und seine Großmutter, die Räuber und Gendarmen, das grüne Krokodil und der Teufel, die Hexe, der Prinz und die Prinzessin, das schöne bunte Kasperletheater, das sich noch im polierten Parkettboden spiegelte, der rote Vorhang aus echtem Plüsch und die Glocke, die läutete, bevor der Vorhang aufging, ein Spiel begann, von dem das Kind geträumt hat jeden Tag. Aber Träume sind nichts für alle Tage, das muß man begreifen, wenn nicht sofort, dann allmählich, die Blätter fielen, als das Kind es begriffen hatte, die ersten Kastanien platzten beim Aufprall aufs Pflaster, als das Kind unbemerkt aus dem Kindergarten lief, mitten am Morgen das Backsteinhaus verließ und sich entschieden weigerte, nochmals dorthin zu gehen, wo das Spielen eine Tortur war.

26

Nach der Landschaft aufbrechen, in der man leben kann, das Unleben zurücklassen, das hieße eine Haut abstreifen, die man nicht freiwillig übergezogen hat. Trotzdem macht die Haut einen Teil der Person aus, man ist ihr verpflichtet, darauf eingeschworen, man kommt seinen Pflichten nach, ein Leben der Pflicht wird ein erfülltes Leben genannt, und vielleicht existiert jene Landschaft gar nicht, ist alles ein Traum, wo soll diese Landschaft zu finden sein? Und angenommen, man ist bereit: neu zu beginnen, sich ohne Skrupel loszulösen, es bleibt die Abhängigkeit vom eigenen Körper, von Physis und Psyche und von der Zeit, einer vorgesehenen Frist mit Perioden der Entwicklung, der Reife und des Zerfalls.

Ich vermisse bei Bork eine Leidenschaft, ein starkes Engagement, die treibende Kraft. Bork wartet zu. Und alles, was bisher mit Bork geschah, war zufällig, alles, was noch zu ermitteln bleibt, wird durch einen Zufall auf Bork einwirken. Ich kann den Verlauf nicht steuern, nur festhalten und Bork ins Bewußtsein bringen. Ob zufällig oder nicht, was damit ausgelöst wird und was es bewirkt, kann kein Zufall mehr sein. –
Der Krankenwagen stand abgestellt im Gang, die Frau auf dem Wagen folgte mit den Augen den Röhrensträngen, es war offenbar ein Kellergeschoß, sie zählte sie und vergaß die Zahl, während sie ruhig lag, die Zeiger einer Uhr vor sich, das ruckartige Vorspringen des großen Zeigers bemerkte, Minute um Minute spannungslos verstreichen ließ. Wenn diese Uhr auch mit den Uhren auf Bahnhöfen vergleichbar war, hier war keine Bahnhofhalle und keinerlei Eile, was sich ihr mitzuteilen schien. Sie war ohne Erwartung und ohne Besorgnis, dabei wach, wenn jetzt der Scharfrichter mit dem Beil gekommen wäre, hätte er sie bereit gefunden, ein souveräner Augenblick, unendlich weit vom eigenen Körper entfernt, vom Leben, das dieser Körper personifiziert, von den Rollen, zu denen er benützt wird. Sie war frei von Verantwortung für diesen Körper, der über Nacht fast ausgeblutet war, der ihr Fragen aufgezwungen hatte, der plötzlich unberechenbar schien, sie angestrengt wachgehalten hat, weil sie nicht sicher sein konnte, daß wieder Tag werden würde, wenn sie eingeschlafen wäre. –
Ein Notfall. Die Türen öffneten sich. Der Krankenwagen wurde in den neonhellen Raum geschoben. Die Frau zum Eingriff vorbereitet.
Sechsunddreißig Stunden nach dem Eingriff wurde Bork aus dem Krankenhaus entlassen und in einem Privatwagen nach Hause gebracht. Bork wurde Schonung empfohlen, was sie nicht hinderte, ihren häuslichen Obliegenheiten nachzukommen. Ferner sollte sich Bork baldmöglichst in der Praxis eines Facharztes für Gynäkologie und Geburtshilfe einfinden.

Im Lift des Hauses drückte Bork auf den Knopf, neben dem das Schild des Dr. Mohr angebracht worden war, stieg im fünften Stock aus und betrat die Praxisräume, wie an der Tür vermerkt, ohne zu läuten.
Wieder war Bork zuerst von den Bildern fasziniert, die – wenn auch subjektiv – Rückschlüsse auf die Neigungen ihres Besitzers, seine Beziehung zur Malerei und seinen Vermögensstand erlaubten. Originale an allen Wänden, eine faszinierende Kombination von Kunst und Geschäft. Zwei Seiten von Dr. Mohr, einerseits befand sich Bork in den sterilen Räumen einer Arztpraxis, unter der Aufsicht seiner weiblichen dienstbaren Geister, die sich in weißen Kittelschürzen und Holzschuhen am Telefon und Patientenregister und Schreibtisch, in der Laborküche, in den Wartezimmern tummelten, betriebsam herumjagten, unentbehrlich für ihren Chef, alle zusammen eine verschworene Gemeinschaft im Dienste der Frau, die darauf angewiesen war, die Dienste zu bezahlen hatte und selbstverständlich dazu in der Lage war, als Privat- oder als Kassenpatient durchgeschleust, die Konsultation erwartete.
Andererseits befand sich Bork in einer Kunstgalerie mit diversen Plastiken und Bildern, bei einem Galeristen, der einen Künstler deutlich zu bevorzugen schien, seine Kunst, das Grauen zu gestalten, kafkaeske Alpträume in grellen Farben ausfließen zu lassen, die erfahrene Bedrohung festzuhalten, seine Angst vor dem Weib, vor ihren Brüsten, ihrem Schoß, ein geiler männerverschlingender Schoß, gewaltige Brüste, noch der Mund eine Öffnung zum Einsaugen, Zerkleinern, Einverleiben. Bork schauderte vor dieser monströsen Schau abnormer Weiblichkeiten. Nachdem ihr der Blutdruck gemessen, eine Blutprobe entnommen, ein Urinfläschchen mit Bork etikettiert worden war, saß sie allein im Wartezimmer der Privaten, bei sanfter Musik aus dem Lautsprecher, leise rieselnde Töne und an den Wänden die Bilder als Konfrontation; Anklage und Urteil über ihr Geschlecht, das Bork nachfühlen konnte, für die

sie Verständnis empfand. Nach der Konsultation hatte Bork einen neuen Termin. Die Gebärmutter sollte operativ entfernt werden.

Es war auffallend, wie beiläufig Bork über die Sache sprechen konnte. Als wenn sie persönlich nicht betroffen wäre, sagte Bork, daß sie ins Spital gehen würde wegen einer kleinen Zyste, die heutzutage modern sei bei Frauen ihren Alters. Genauso hätte Bork über die stabile Hochdrucklage sprechen können oder über eine bevorstehende Ferienreise, die man ungeduldig erwartet. Bork machte den Eindruck eines Ferienreisenden, der erleichtert Abschied vom Gewohnten nimmt und sich mit leichtem Gepäck bereitwillig dem Neuen zuwenden will.

Damals hätte ich den Gleichmut von Bork zerstören sollen. Ihre erschreckende Teilnahmslosigkeit an ihrem Körper, ihre Isoliertheit zu ihrer Umgebung mußten Ursachen haben. Ich hätte Bork klarmachen müssen, daß sie offenbar die passive Rolle einer Patientin der Hausfrauenrolle vorziehe, solange es nicht um Leben und Tod ginge. Daß sie keine Beziehung zu ihrem Geschlecht habe, sich am Ende durch den operativen Eingriff von einer unfreiwilligen Verpflichtung lösen wolle? Eine Emanzipation, bei der groteskerweise der Mann eine Art von Geburtshelfer wäre, das solle sie bedenken, es sei denn, sie denke gar nichts und ließe alles kritiklos, gedankenlos mit sich geschehen.

Vermutlich hätte sich Bork meinen Tadel angehört und vergessen. Vermutlich gehört Bork zu jenen, die ins Wasser geworfen werden müssen; soweit kenne ich nun Bork. Der Unterschied zwischen ihrem Vorstellungsvermögen und der Realität erinnert an einen Sprung ins tiefe Wasser, bei dem sie geschockt feststellen muß, daß man vom Wasser naß werden kann und strampeln muß, wenn man nicht untergehen will.

Der Klinikbau war modern. Die beleibte Nonne, mütterliches Gesicht unter der Ordenshaube, ein Kreuz auf der weißgestärkten Schürzenbrust, saß an der Relaisstelle. Durch Glas-

wände von der Eingangshalle getrennt, mit Schreibtisch und Telefon, diversen Schalthebeln und genauen Kenntnissen über krankenkassenrechtliche Vorgänge beim Eintritt eines Patienten ausgestattet, über seinen genügenden und ungenügenden Versicherungsschutz, was die Höhe der zu entrichtenden Kaution beeinflußte. Bevor der Eintretende zum Patienten wurde, mußte seine Zahlungsfähigkeit bewiesen sein, ein wichtiges Amt für eine gewichtige Nonne. An der man nicht vorbeikam, geduldig warten mußte, bis die Personalien der unter Schmerzen niederkommenden Fräulein Leona Bach eingetragen waren. Nebenbei rief sie die Kinder von Besuchern zur Ordnung, hielt den Zeigefinger vor ihren Mund, bis die Eingangshalle ein Kirchenraum war, in dem die wachsamen Augen der Patrona die Anwesenden beifallheischend umwarben.
Vor allem war es der Tonfall, aufgekratzt und jovial, weitgehend eigenständig und ohne Einfluß auf die Aussage, ein Merkmal, das Bork so vertraut war, daß sie das Gefühl hatte, nicht zum erstenmal in diesem Haus zu sein, die Patrona zu erkennen, das fröhliche Gehabe, ein nie versiegender Quell, gespeist durch die Gnade des Glaubens, unbegreiflich für Bork. Aber offensichtlich war Gott mit der Patrona.
Nachdem Bork ordnungsgemäß in die Klinik aufgenommen war als Hausfrau Bork, ohne eigenes Einkommen, deren Versicherungsschutz kraft der Unterschrift ihres Ehemannes gewährleistet war, nahm Bork ihre Tasche auf, wurde von Schwester Alberta ins Zimmer gebracht und angewiesen, baldmöglichst das Bett zu belegen. Bork legte ihre Kleider ab und verräumte sie, ging zum Waschbecken, wusch die Hände mit einem gewohnten Blick in den Spiegel, sah hinter ihrem Gesicht einen rechtwinkligen Gegenstand, eine Art von Galgen, an dem eine lederne Schlaufe baumelte, der ein Teil des Klinikbettes war. Die Patientin Bork würde die Funktionen bald verstehen, auf Knopfdruck das Bett heben oder senken, eine Schwester herrufen, die Lichtquellen bedienen können.

Es war noch Nachmittag, als Bork, belustigt im Bewußtsein, daß das Ganze unnötig war, sich zwischen sterile weiße Tücher legte und dabei neugierig ihre Umgebung aufnahm, von links nach rechts: Fensterfront, Wand, Wandbild, Tisch, Türe, Einbaukasten, Waschbecken besah, als die Tür aufging und die Patientin Bork gefragt wurde, ob sie schon rasiert sei, was Bork verneinen mußte.
Bork wurde rasiert, nach mehreren Arten gemessen, mit Pillen verschiedener Größe und Farbe versehen, schließlich Ambrosias melodischer Sang: «Mutti! kommen Sie, ein gutes Süppchen, die Henkersmahlzeit.» Als die Nachtschwester kam, las Bork noch in der Literaturbeilage der *Neuen Zürcher Zeitung* und fühlte sich über den Texten von Schweizer Autoren ertappt. Um einundzwanzig Uhr werden hier die Lichter gelöscht, versucht ein Patient, vor der Operation zu schlafen. Aber Bork benahm sich, als sei sie zu Hause.
Später klopfte der Narkosearzt, kam noch schnell mit kurzen Fragen: «Schlafen Sie schon, haben Sie Angst?», ohne eine konkrete Antwort zu erwarten. Auch die Gegenfrage von Bork über die Qualität der Literaturbeilage der *Neuen Zürcher Zeitung* oder über das Interesse eines Narkosearztes an junger Schweizer Literatur im allgemeinen war fehl am Platze und wurde deshalb nicht gestellt. Eilig empfahl sich der Besucher, aus unbekannten Gründen für Bork, aber wollte in aller Frühe hereinsehen. Dann noch ein Telefon. Dann die Stille eines langen Abends, einer langsam verrinnenden Nacht, wenig Geräusche. Der Raum war klimatisiert, die Fenster geschlossen, die dichten blauen Vorhänge zugezogen, der Klinikgang schien leer.
In den Träumen der Nacht lief Bork über ein Schneefeld, in das Bork mit jedem Schritt mehr einsank, fünf Minuten vor neun, die Uhr wuchs riesenhaft aus dem Schnee, und Bork hatte Angst, nicht pünktlich zu sein, ihren Termin um neun zu verpassen.

Als die Nachtschwester mit dem Fieberthermometer kam, war Bork schon gewaschen, gecremt, gepflegt, das Frühstück fiel aus, auch der angekündigte Besuch des Narkosearztes. Bork bekam eine Spritze, die ihre Aufnahmefähigkeit minderte, was Bork bald zu spüren begann und bedauerte. Zur vorgesehenen Zeit wurde die Patientin aus dem Zimmer gefahren und über den Lift in den Operationssaal gebracht. Der Operationstisch war kalt, auch die Neonlampen darüber. Bork begann zu frieren. Ihre Beine wurden in Flanellhüllen gesteckt, dann gespreizt aufgehängt, eine unbequeme Stellung für Bork, die sich nur noch angestrengt artikulieren konnte, noch vernahm, daß er, Dr. Mohr, angekommen sei und wieder einen strengen Tag vor sich habe. Dann entfernte sich Bork, war nicht mehr existent als Tochter, Schwester, Schwiegertochter, Ehefrau, Mutter, Tante, Schwägerin, als Hausfrau Bork, die einen verfügbaren Kühlraum gefüllt, den Milchmann instruiert, das Hauswesen besorgt hatte, bevor sie gegangen war. –
Die wehenartigen Schmerzen, die sie beim Erwachen spürte, überraschten Bork, die diese Möglichkeit, daß ein Spitalaufenthalt mit Schmerzen verbunden sein könnte, nicht einbezogen hatte. Die Intensität der Schmerzen war so groß, daß sich Bork davon überrollt fühlte.
Auf Befragen von Bork erklärte Schwester Ambrosia, daß es nun mal nicht ganz ohne Schmerzen abzugehen pflege, aber die Spritze bald wirken würde. Bork wollte es gerne glauben, während ihr Körper noch stärker von Schmerzwellen heimgesucht wurde, keine Stelle ohne Wunden schien, in die ein Unbekannter glühende Nadeln stieß, bis die Wunden brannten. Bork drückte das Notsignal. Die eidgenössisch diplomierte Schwester, das metallene Namensschild «Annelise» auf der weißgestärkten Brust ihrer Kittelschürze, lächelte erstaunt die Patientin Bork an, die unbedingt erfahren wollte, ob diese Schmerzen normal seien, obendrein beteuerte, daß sie keineswegs empfindlich sei und man doch glauben solle, daß es kaum

mehr zu ertragen und eine Geburt dagegen harmlos gewesen sei. Schwester Annelise lächelte, sah gesund und steril aus, ihr Make-up einwandfrei. Ausnahmsweise spritzte Annelise ein zweitesmal und ermahnte die Patientin, nun aber schön zu schlafen, dann wäre alles gut. Nichts war gut, aber Bork schämte sich zu läuten, stöhnte lange, von Schmerzen bedrängt, und bat endlich wieder um Hilfe. Ambrosia kam und erklärte sehr nachsichtig, daß alles getan worden wäre, auch keine weiteren Schmerzmittel verabreicht werden könnten, im übrigen Dr. Mohr vermutlich in den Abendstunden nach der Patientin schauen würde, die sich bis zu diesem Zeitpunkt zu gedulden habe.
Damit fügte sich Bork ins offenbar Unvermeidliche, überließ sich der Zeit, die zu verstreichen hatte, bevor sie von der Schmerzfolter loskommen konnte, dem Urteil fremder, aber für Bork kompetenter Personen. Sie unterwarf sich ihrer Autorität und hatte dafür ein Feuer im Leib, das ihr jede Kraft zum Widerstand nahm, wenn sie widerstanden hätte. Bork beschränkte sich auf die Frage, ob dieser Abend für sie erreichbar wäre, was Bork nicht beantworten konnte, aber sie war entschlossen, die Zeit zu bewältigen.
Bork war das Opfer von Umständen, wie man zu sagen pflegt. Das trifft für Opferlämmer zu, aber für Bork? Sie war dazu nicht prädestiniert von Anfang an und hätte sich nicht fügen dürfen, ihre Duldsamkeit war selbstmörderisch; unbewußt hat Bork eine katholische Tugend exerziert, den eigenen Körper zu strafen. Die Forderung Barmherziger Schwestern, in Gottes Namen auszuharren, und die Bereitschaft der Patientin, was unabänderlich scheint, anzunehmen, waren ein Mißverständnis katholischer Prägung. Die Patientin unterwarf sich blindlings der Autorität der Schwestern, diese sich der Autorität des abwesenden Arztes.

27

Die Schmerzen überspülten den Körper von Bork, die nach Atem rang und vergebens das Zittern an allen Gliedern zu unterdrücken versuchte, ausharren wollte bis zum Abend. Bork war ein Notfall. Ein Besucher namens Bork unterbrach die Willkür, sein Alarm beschleunigte die Bereitschaft der Helfer, die Visite des Arztes, bald lag sie wieder auf dem Operationstisch.
Und wieder das Zurücktasten in den Istzustand, das Bewußtwerden des eigenen Körpers und seiner Mattheit. Die nächtliche Ruhe und die behutsame Sorge der Nachtschwester empfand Bork als seltenen Augenblick der Übereinstimmung mit sich und der Außenwelt. Bork konnte die Rolle einer Patientin annehmen, die endlich glaubwürdig geworden war. Die Zustimmung genügte Bork, um zu vergessen, sie wärmte sich an der Stimme der Nachtschwester, an der Geschichte eines Feldhasen, der nachts den städtischen Spitalgarten heimsuchen soll, Bork sah ihn zwischen den Krautköpfen sitzen, an Salatblättern knabbern, aber wie kam er dann bei Rot über die Kreuzung? Bork ließ die Frage liegen. In dieser Nacht war Schonzeit für Bork wie für den Hasen.
Laß uns dabei verweilen, Bork, von deinem Bedürfnis nach Ruhe sprechen oder von der Zeit, über die du frei verfügen konntest: wenn nicht gebettet oder massiert oder Fieber gemessen wurde, das Essen serviert und der Raum ausreichend gesäubert war. Ohne Besuche, isoliert von der Außenwelt, hast du ein Gefühl der Erleichterung empfunden, warst in Grenzen von $3 \times 4 \times 2$ m narrenfrei. Laß uns von dem Freiraum sprechen, der dir auf Zeit zugestanden worden war, von der kleinen Freiheit eines kleinen Spitalzimmers, die dir zu genügen schien.
Reglos und lautlos lagst du hinter fest verschraubten Fenstern, einen Kastanienbaum zum Greifen nah, bewegte Zweige vor blauem Himmel, einzelne Blätter schon gelblich verfärbt, sein

dunkler Stamm unerreichbar für dich wie die Landschaften, nach denen du traumwandlerisch suchst und die vorübergleiten, ohne daß du sie betreten wirst.
Vor dir ein Kreuz an der Wand und eine Schutthalde mit Krüppelbäumen, du hast dein Schlafbedürfnis verdrängt, denn die Schonzeit war bald verbraucht; eines Tages könnte sich die Halde lösen, aus dem Bilderrahmen brechen und dich lebend begraben. Warum willst du nicht eingreifen, den mechanischen Verlauf deines Lebens unterbrechen.

28

Was hältst du von dem Wort Freiheit, was bedeutet es dir, was ist es dir wert, welches Maß an Freiheit könntest du ertragen, wieviel braucht es, brauchst du, um ein freier Mensch zu sein? Ist deine Sehnsucht nach Freiheit berechtigt oder nur das romantische Gefühl eines Binnenbewohners, der vom weiten Meer träumt und nicht einmal schwimmen kann? Bist du unfrei, und von was würdest du dich befreien wollen? Sind es eigene oder fremde Zwänge, ist die Freiheit für dich ein Privileg oder ein Prinzip? Willst du frei voneinander oder frei miteinander sein? Wie weit geht die persönliche Freiheit des einzelnen, ohne die Freiheit des Gemeinwesens zu verletzen? Wie weit darf der einzelne innerhalb der Gesellschaft über sich verfügen?
Du hast Glück, in der demokratisch regierten neutralen Schweiz läßt es sich leben. Falls du ein Einkommen hast, findest du dein Auskommen, niemand verhungert in der Schweiz, niemand friert wegen Mangel an Heizmaterial, niemand wird wegen seiner politischen Überzeugung verfolgt. Falls man nicht auf die Barrikaden steigt und Zunder unter die Menge wirft, Staat und Gesetze respektiert, läßt es sich leben. Ordnung muß sein und Ruhe und Sicherheit, die Steuern sind überall, das

ist in Ordnung soweit, du lebst nicht schlecht, und deine Stimme zählt, obwohl du kein eigenes Einkommen hast, wirst du als Wähler respektiert. Natürlich darfst du kein öffentliches Ärgernis erregen, auf Bahnschienen sitzen oder dergleichen, verrückt spielen gibt es nirgendwo, die Gesellschaft will vor Abartigem geschützt werden, ihre Normen bestimmen den Unnormalen und sortieren ihn aus. Du wirst also kein Risiko eingehen. Wer bei Rot über die Kreuzung geht, hat die Folgen zu tragen, auch jener Feldhase, der jede Nacht den Spitalgarten heimsucht, wird unter den Rädern bleiben, ein zu großes Maß an Freiheit kann tödlich sein.

Aber bei dir muß man nicht bange werden, du tust niemandem weh, du hast dich in einer Beamtenlaufbahn bewährt. Was für eine Fehlentwicklung einer Person, in der Rentenrechnungsstelle mit Zu- und Abgängen beschäftigt, mit Renten, die gekürzt oder aufgewertet oder eingestellt wurden, Rentenberechtigte, die verzogen waren, ihre Rente während sechs Monaten nicht abgeholt hatten, starben, gegebenenfalls als Witwenrenten wiederauflebten bis zur Wiederverheiratung oder dem Tod der Witwe. Was für eine Fehlinvestition an Fähigkeiten, die eine Beamtin nicht einsetzen darf, sich verleugnen muß, eine Rentenrechnungsstelle mit Hollerithsystem, IBM-Computern, Lochern und Prüfern, Sortiermaschinen, Rechnungsergebnissen, Monatsabschlüssen, dein Zeugnis bescheinigte deine Brauchbarkeit. Brauchbar bist du immer, Bork, aber nie befriedigt von dem, was du treibst, betrieben hast, damals waren gute Stellen gesucht, das Wirtschaftswunder noch kein Begriff, im Ingenieurbüro Maurer suchte man eine junge Kraft. Als dein Chef den Schlüssel umdrehte und dich abzutasten begann, hast du von der Privatwirtschaft zur Behörde gewechselt, zur Beamtin Bork, dann bist du abgesprungen und folgerichtig in der nächsten Lebensstellung gelandet. Und wenn du am Samstagnachmittag zum Kiosk gehen möchtest, gibst du deine Absicht bekannt und lehnst dankend die gutgemeinte Begleitung ab.

Du läufst die paar Schritte federnd wie befreit, du erledigst deinen Einkauf und kehrst auf Umwegen zurück, mit einer Eistüte in der Hand verzögerst du das Eintreffen, das Dessert liegt noch nicht lange zurück, du solltest dich schämen, aber dem Schulkind war das Eisessen auf offener Straße unter Strafe untersagt gewesen. Jetzt macht es dir Spaß, spontan ein Eis zu erstehen, du studierst noch die Speisenkarte, bis das Eis gegessen ist und du in den bekannten grünen Weg einbiegen kannst, durch den schmalen Baumgürtel zurückgehst und bald gefragt werden wirst, wo du so lange geblieben bist.

29

Bedenke deine Anstrengungen, es jedermann recht bequem zu machen. Nehmen wir den Mai, seine Vogelstimmen, seinen Maiglöckchenduft, oder war es Flieder, sein üppiges Blühen, seine Sonnenstunden mit den ersten Bikinidamen im eigenen Grünreservat, nehmen wir diesen Background und stellen drei Wörter davor: «Golgatha ohne Ende.» So steht es in deinen Notizen.
Sie ist eine gütige Großmama, weiß Gott, wartete sie doch jeden Morgen geduldig, bis sie aufstehen konnte, das Bad von den Aufbrechenden freigegeben war. Du hast ihre Toilettengegenstände hingelegt, die sie gesucht hätte, die frische Wäsche, halfst beim Aussuchen der Kleider, beim Ankleiden, zum Frühstück ein weiches Ei und mundgerechte Happen, die Medizinen vorher und nachher nicht zu vergessen. Dann hast du sie beschäftigt, weil sie nicht untätig sein konnte, aber nichts mehr zu tun weiß: nicht mit dem Kopf, nicht mit den Händen, stumm geworden, saß sie und schien immun gegen alle Nachrichten. Sie schälte, was du ihr geheißen hast, arbeitete gewissenhaft und ohne zu unterbrechen, falls sie vom Krampf geplagt wurde. Wehleidig sein gibt es nicht bei Großmama, du sollst niemals aufbegehren, wenn dich einer auf die linke Wange schlägt,

halte deine rechte hin, daß es dir wohlergehe und du lange lebst.
Nun ist sie achtzig, aber das liegt in der Familie und am Fortschritt der Medizin, die Heiligen haben abgedankt, und das Paradies scheint mir leer wie ein Faß ohne Boden – nicht der Großmama –, aber warum hast du sie angeflucht? Sie mag nun mal keine Sonne und keinen Wind, der Segen der Kirche genügt ihr, was hast du von ihren Tränen, sie ist harmloser als ein Kind und dankbar für alles, wer hat sie ans Kreuz geheftet, und wann hat sie aufgehört zu sein?
Du wirst dieser Geschichte nachgehen müssen, einer Geschichte mit Herrenrollen, dem Herrn Vater, Pfarrer, Lehrer, Bruder, Ehemann, sie soll schön gewesen sein und wißbegierig, sie soll geweint haben, als die Schulzeit zu Ende gegangen war, aber Mädchen ihres Standes blieben als billige Mägde im Haus, bis sie unter die Haube kamen.
Den Monat Mai saß sie auf einem Küchenhocker in der Ecke, während du ständig um sie gekocht, gesäubert, geredet hast, weil sie kein Einrichtungsgegenstand war, angesprochen werden mußte, noch existiert, auch wenn sie sich überlebt haben sollte. Der Barometer steht auf Regen, sagtest du beispielsweise, schon wieder Regen, und der Kälterückfall, als ob man nicht genug gefroren hätte, aber wir sind keine Sonnenkinder, sagtest du, schau diese Karte an, den blauen Himmel, das Meer, die Palmen, mit herzlichen Grüßen, das gibt es, liebe Großmama, deine Hände sind kalt, ziehe mehr Wollenes an. Du warst nie am Meer? Natürlich nicht in diesem Land, wo das «Bete und arbeite» aus den Zwiebeltürmen hallt. Wie geht's der alten Walther? fragtest du Großmama im Bad, während du ihren Rücken gewaschen oder ihr Haar geschäumt hast, ist sie noch immer so aktiv? fragtest du, ohne eine Antwort zu erhalten. Wo fährt so eine Witwe in dieser Saison hin? Rom oder Lourdes, mein Gott, Großmama, sagtest du vielleicht und hobst sie dabei aus dem Bad.

Zum Muttertag einen Mandelbiskuit für Großmama, Geschenke und Blumen, aus Beromünster flotte Weisen, und du spielst mit auf deine Weise, bedenkst die Großmama und weigerst dich, bedacht zu werden. Mir scheint, der Widersinn hat Methode, du reitest über den gefrorenen See und weißt, daß das Eis nicht tragen wird, aber du reitest trotzdem. Den ganzen Wonnemonat sah ich dich Schokolade reiben, Eier und Butter schaumig rühren, Spezialitäten der schwäbischen Küche anfertigen, aber wir wollen kein Kochbuch schreiben. Die Schwarzwälder Torte gibt es seit achtzehn Jahren in deinem Haus, ebenso hat das Spargelessen zum Geburtstag des Hausherrn seine Tradition. Als dann Großpapa die Großmama abholen kam, stieg er krank aus dem Zug, schade um den Erdbeerenkuchen, aber eine Bronchitis bleibt eine Bronchitis, denke nicht immer ans Essen, und eine Nierenbeckenentzündung muß mit dreiundachtzig ebenfalls ausgestanden sein. Frostige Tage im Mai. Aber legen wir Großmama besser aufs Liegebett in den Garten, servieren den koffeinfreien Kaffee, erwarten dann die Abendessenszeit, die Medizinen nicht vergessen und das Plaudern, über eiweißreiche Kost beispielsweise. Leider ist Großmama zu dünn, aber eine Praline hat achtzig Kalorien. Nachdem die Küche wieder aufgeräumt war, kam der Malaga ins Glas und Knabberzeug vor die Großmama, und vergiß nicht ihre Nachtcreme herauszustellen und das Bett aufzudecken. Großpapa brauchte seinen Nierentee, schöne gute Nacht, die anderen Familienmitglieder warten, laß sie warten und denke endlich über deine Fehlinvestitionen nach, deine übertriebenen Samariterdienste, deine lächerlichen Kraftakte, dein Zappeln am Ort. –
Ein Spitalzimmer ist kein Refugium und die Quarantäne kein Freiheitsideal, du solltest dir klar werden, daß die individuelle Freiheit kein Züchtungsergebnis sein kann, daß weniger das Klima als die eigene Haltung befreiend ist.
Sich befreien heißt wohl auch genügend Immunität erwerben,

um abstoßen zu können, was krank macht, unabhängig von zerstörerischen Einflüssen sich innerhalb der Gesellschaft zu verwirklichen. Deine Sehnsucht nach Einsamkeit, dein Wohlbefinden in der Isolation ist ein Zeichen von Schwäche, ich warne dich, Bork, und gebe zu bedenken, daß wir soziale Wesen sind, die abgenabelt von ihrer Art an Lebensimpulsen verlieren, von der Substanz zehren, bis sie sich verbraucht haben. Du bist kein Einsiedler, kein Mystiker, kein Fakir, kein Weiser, du bist eine Frau in den mittleren Jahren, die vorübergehend ein Spitalzimmer belegt hat, nach anfänglichen Komplikationen mit ihrer Entlassung rechnen kann, zu Mann, Kindern, Haus und Garten in Bahl zurückkehren wird und bei dem Gedanken fröstelte.
Nun fehlte nur noch die Geschichte von jenem Fährmann, der zwischen den Ufern wechselt, und ohne Fuß zu fassen, Fahrgäste und Lasten übersetzt, für ewig auf seine Fähre verbannt bleibt. Abgesehen davon, daß Märchen für gewöhnlich ein gutes Ende haben, auch jener Fährmann eines Tages erlöst worden war, ist es nicht deine Geschichte, dich bannt kein Zauber, du könntest das Spitalzimmer, Mann, Kinder, Haus, Garten, Bahl verlassen haben und mit kleinem Gepäck ins Blaue gezogen sein. Den Kastanienbaum vor dem Fenster betasten, den Horizont abschreiten, die gläsernen Guckkastenbilder als Wirklichkeit erfahren, aber du lächelst bedauernd. Es ist ärgerlich mit dir, deine Taktik ist die Verzögerung, dafür hast du sogar Gründe, nehme ich an, aber Amerika ist entdeckt, alle Wege schon ausgeschritten, abgesteckt, vermessen, niemand wird ungestraft seine Grenzen überschreiten. Kennst du sie? Um Grenzen zu erkennen, muß der verfügbare Raum ausgelotet sein, und du säumst, über freundlichen Gesten – Pflichtübungen honoriere ich nicht – versäumst du zu leben, jede Phase des Lebens zu lieben, dich und die anderen. Du bist aus Papier, eine Schablone mit vorgestanzten Impulsen, wenn du nicht endlich lebendiger wirst, muß ich dich aufgeben.

Indemini ist eine Ansichtskarte.
Ein zusammengedrängtes Bergdorf am Hang. Verwachsen. Verwurzelt. Seine Dächer schiefergrau gedeckt, darunter lange Holzlauben, schon verwittert, die Häuserfassaden gesprungen und narbig, schmale Durchblicke auf Gassen, Treppen, winzige Höfe mit balgenden Katzen.
Indemini ist mehr als eine Ansicht, ein Punkt auf der Landkarte, an einer Bergpoststraße gelegen, nahe dem Gambarogno im Kanton Tessin. Indemini existiert. Eine Übernachtung wäre denkbar, ein längerer Aufenthalt, verweilen an einem Punkt, verharren, beharrlich einhalten. Aufhalten. Einen Sommer halten. Einen Tag. Einen Monat. Eine Stunde.
Indemini ist meine Hoffnung. An diesen Ort führt keine Straße. Die Geographie versagt. Indemini ist ein Ziel, Anfang und Ende, wer es erreicht, ist angekommen.
Es war nicht Indemini, es war auf der bekannten Strecke zwischen Basel und Augsburg oder Augsburg und Basel. Bork saß im Abteil und unterhielt sich mit einem Weinhändler über den Wein, über Anbau und Risiken, Qualitätsunterschiede, Absatzmärkte, Konsumgewohnheiten, bis sie auf das Ziel ihrer Reise zu sprechen kamen, auf seinen Anlaß, was mit ihrem Ziel identisch war.
Sie bewegten sich beide zwischen zwei festen Punkten, wenn sie sich von einem entfernen konnten, näherten sie sich dem anderen. Seine Frau und sein Geschäft waren Punkt A, seine betagte Mutter der Punkt B, oder umgekehrt, jeden Monat unterwegs, diesmal nach Italien. Mama ist krank und betagt, aber nichts Ernstes, falls der Sohn sie pünktlich besuchen kam und pünktlich ihre Arztrechnungen beglich. Auch die Telefonate ins Ausland, teure Klagelieder, die für gewöhnlich mit einigen Wochen in den Dolomiten beendet wurden, Sanatoriumsaufenthalte für Mama, die ihn vor fünfzig Jahren geboren hatte. Die

Reisespesen und die Geschenke für seine ihm teure Gattin zwangen den Weinhändler mehr auszugeben, als er sich leisten konnte. Achselzuckend berichtete er von Mamas Leiden, von seiner kinderlosen Ehe, von Konsultationen, Honoraren, Verpflichtungen, von Asthmaanfällen, die ihn heimsuchen. Bork sah ihn um Atem ringen, die weiblichen Ungeheuer saßen neben ihm und wuchsen sich zusehends aus. Ihre Brüste, Arme, Schenkel bildeten bedrohliche Seitentriebe, wucherten labyrinthisch, umschlangen den Reisenden, der, von Busenballonen und schweren Schenkeln bedroht, langsam zu verfallen schien. Bork sah machtlos zu; trotzdem waren sie Freunde geworden auf der Strecke von Punkt B zu A oder umgekehrt, die sich grinsend alles Gute gewünscht haben.
Man könnte mir entgegenhalten, daß eine Strecke, die zwischen zwei Punkten verläuft und diese verbindet, nur eine Dimension aufweist. Eine perspektivische Einschränkung den Bewegungsraum meiner Helden reduziert, die Beziehungen zwischen den Geschlechtern und den Generationen vielfältiger spielen, die Dimension einer Geraden sprengen.
Und ich könnte erwidern, daß die Vielfalt von zwischenmenschlichen Beziehungen durch die eindimensionalen Liebes- und Blutsbande und die daraus resultierenden Abhängigkeitsverhältnisse beeinträchtigt werden. Ernst das Spiel abwertet, den Platz für die freie Begegnung verbaut.
Meine Ermittlungen beschränken sich auf Bork und ihre Wirklichkeit, zu der die Strecke von Basel nach Augsburg oder umgekehrt zählt. Eine bemessene Frist, zwischen Abfahrt und Ankunft. Wechselnde Mitreisende bei wechselnder Aussicht für Bork, was den Zufall einer Begegnung nicht ausschließt.
Der Reisende stieg unterwegs zu und nahm gegenüber Bork seinen Platz. Er hatte eine Aktentasche mit Schriftstücken, war von Graz und sein Pullover schwarz. Was die Affinität zwischen Bork und dem Reisenden keineswegs plausibler machte, eine Vertrautheit, wie sie zwischen langjährigen Kumpeln vorstell-

bar wäre, die miteinander Pferde stehlen gegangen sind, ohne sich auf die Schulter zu klopfen und auf Blutsbrüderschaft anzustoßen oder, zeitgemäßer gesagt, ein Risiko tragen ohne Vorbehalte und Bedingungen. Aber das sind Details, die keiner weiteren Erläuterung brauchen. Zwischen Bork und dem Reisenden waren keine Vorstellung, keine Versicherung, kein Austausch von Namen und Daten nötig, sie kannten sich einfach, haben sich schon immer gekannt, sie saßen sich gegenüber und sprachen wie gute Freunde, die sich nach langer Zeit wiedersehen. Ohne sich überzeugen zu müssen, tauschten sie Worte aus, Ansichten und Losungen, die sie ohne Anstrengung verstanden. Das konnte kein Zufall sein. Was wissen wir von verwandten Seelen, von den Leben, die vor uns unterwegs waren, unterwegs sind? Vielleicht begegneten sich da wieder zwei Pferdediebe, die im Morgenrot nebeneinander aufgeknüpft wurden, oder zwei Liebende, die ein Giftbecher getrennt hat, zwei Sklaven, die an die gleiche Galeere geschmiedet waren, Aussätzige vielleicht oder gescheiterte Rebellen. Ich würde gerne Erfreulicheres anbieten, aber die Geschichtsschreibung verhindert jeden Höhenflug, rund bleibt rund, auch der Mensch bleibt sich gleich in seinen Bestandteilen, Anlagen und Fähigkeiten, und diese Begegnung würde dadurch an Glaubwürdigkeit verlieren. Soviel Übereinstimmung muß durchs Feuer gegangen sein. Der Zugschaffner rief Karlsruhe aus, im dunklen Fenster schwammen Lichtpunkte vorbei, die sich rasch vermehrten, ansiedelten, Lichtmuster bildeten, die Nacht aufhellten, schließlich verdrängten. Der Zug rollte in die Bahnhofshalle ein. Wenig später ließ Bork einen Reisenden im schwarzen Pullover am offenen Abteilfenster zurück, der sich langsam zu entfernen schien, bis er unkenntlich wurde und aus dem Blickwinkel von Bork verschwand, während ihr Zug beschleunigte, Geleissträge und Stellwerk zurückließ und durch die zunehmende Nacht dem Punkt B entgegenfuhr.
Oder hätte Bork diesmal etwas verschwiegen? Wir kennen die

Pointe nicht, das Intermezzo läßt mich kalt. Wir wissen nicht, wer der Reisende war, was auf seinen mitgeführten Schriftstücken stand, über was sich Bork und der Reisende verständigt haben. Ich vermute Belangloses, falls die Begegnung wie beschrieben verlief. Weshalb hat der Reisende seine Route nicht mit der Route von Bork zusammengelegt? Aber es war Messebetrieb in Basel, die Hotelbetten ausgebucht, was Bork erwähnt hat, in Karlsruhe aussteigen, den willkürlichen Ablauf einer Begegnung verzögern, das wäre eine Geschichte. Die Ambiance eines Weinlokals, ein weißgekalktes Kellergewölbe, alte Stiche der Gegend an den Wänden und Zinnbecher, Zinnteller, Urkunden, Zeugnisse, ein Held mit Bajonett im wurmstichigen Rahmen, roter Lampenschein, wenig Gäste. Ein korpulenter Glatzkopf und eine Lolita, ein Ehepaar, das wieder seinen Hochzeitstag begießt, ein männliches Quartett, trinkfest und fidel, ein Herr mit zwei Begleiterinnen oder umgekehrt. Bork und der Reisende müßten Hunger haben, sie nehmen sich Brot, und der Wein wird spürbar, die Sympathien brechen aus, das Zimmer ist gebucht und nun ins Bett, so will es der Brauch. Die Leuchtreklame nicht zu vergessen, die durch schräggestellte Jalousien fließt, das heiße Laken, das Irrlichtern eines Autoscheinwerfers über verstreuten Kleidern. Wenn die Szene nicht so banal wäre, so bedeutungslos! Sie paßt nicht zu meinen Ermittlungen. Oder wenn Bork weniger starr, weniger geknebelt wäre, könnte die Begegnung ein neues Kapitel Bork einleiten und das Ende meiner Ermittlungen signalisieren. Aber Bork ist nicht mehr so jung, um von einer Sternschnuppe gestreift Feuer zu fangen, Bork hat sich in Mittelmäßigkeit verbraucht. Wenn Bork heute zu brennen anfinge, wäre das Feuer kalt und seine Flammen zu eisigen Dolchen geronnen, das Gewölbe der Weinstube glänzte von Reif, und im Glas klirrte Eis; das wäre für Bork konsequent.

31

Unmittelbar nachdem Bork aus dem Spital entlassen war, kehrte sie zurück ins Eckhaus in Bahl, in den gewohnten Kreis, in den Kreislauf von Nichtigkeiten, der die Tage zusammenhält. Bork war nicht mehr gebärfähig, was sie anfänglich als Befreiung empfand, ihren Körper dinglicher erlebte, zum erstenmal als eigen betrachtete. Eine Überlegenheit, die sich in ihren Bewegungen ausdrückte, sie freier ausschreiten ließ, eine Frau, die zum erstenmal ohne Angst vor der Liebe war, der es noch nicht schwerfallen konnte, geliebt zu werden, falls es ihr gefiel, einen Liebhaber zu wählen, wenn Bork nicht schon gewählt gehabt hätte, bis der Tod sie scheidet.
Bork war keine Ausnahme unter den Frauen in Bahl oder anderswo, die für Mann und Kinder leben und sich darüber vergessen. Mit dem Abnabeln der Kinder für gewöhnlich verkümmern und von der Erinnerung zehren. Zinsen aus ihren betriebsamen Jahren schlagen, ohne das Vakuum Leben auszufüllen, auf das Ende zugehen.
Nichts Neues über Bork, nichts Ermittelnswertes, die Jahreszeiten kommen und gehen, die Erde dreht sich, der Mond wechselt, Bork liebt den aufgeblasenen Ballon, seinen magischen Glanz überm Nachbardach. Es war wieder Juni, der Rosenkranzmonat in Augsburg, der Rosenmonat in Bahl mit rankenden Rosensträußen an Terrassen und Hauseingängen, Farborgien in Rot. Goldas haben den September auf den Kanarischen Inseln gebucht, wenn man den Frühling in Griechenland zugebracht hat, ist der Sommer in Bahl zumutbar bei Freunden, Pools und Grillpartys. Die einsame Kamelkarawane auf dem Prospekt kann Frau Golda nicht schrecken, eine Hausfrau, das muß man verstehen, braucht den Kulissenwechsel, den Bilderbuchreiz. Herr Golda vermißt den Tannenhintergrund, überhaupt Bäume und Sträucher, dafür ist das Hotel erstklassig.

Also, reisen Sie gut! Familie Koch, zwei Söhne, zwei Töchter verbringt diesen Sommer in Amerika. Sie werden in Gästehäusern logieren, auf Landsitzen, in guten Hotels absteigen. Die weltweiten Verbindungen eines Managers garantieren den gewohnten Standard. Die Maillers hingegen bleiben im Land, oberhalb des Walensees soll ein Eisbecher mit Schlagobers garniert noch immer für drei fünfzig zu haben sein. Im Gasthof pro Etage ein Klo, dafür Metzgereibetrieb im Haus, für solche Fleischportionen muß man heute weit laufen. Die Schlachtplatten des «Sternen» sind berühmt, sein Mandelfisch, gebacken, kommt frisch aus dem See in die Pfanne, und einmal mit der Sesselbahn in die Höhe, einmal über den Walensee, eine halbe Stunde Aufenthalt reichen weitaus, auch wegen der Gewitter, die sich in dieser Ecke gern zusammenbrauen. Bei Gewittern macht Herr Mailler beinahe in die Hosen. Zum Abendessen kann man Wünsche äußern. Einladend stehen die Liegestühle unter Obstbäumen aufgeklappt, so oder so fühlt man sich prächtig, und am Ende wiegt jeder Mailler zuviel.
Nichts Neues, nichts Ermittelnswertes von Bork, die bunte Ansichten aus dem Briefkasten holt, heute den Genfersee und Pozdrav iz Rovinja, blaues Wasser, weiße Boote, gepflegte Uferpromenaden hier und dort und grüne Inseln, die man in einem Familienschlauchboot bequem ansteuern kann. Bork denkt an die Mückenplage und die Touristenschwärme, an die rotgebrannten quirligen Kleinen der Kusine Judith und ihren rotblonden nervösen Gatten. Bork hat keine Ahnung. Nicht von Pozdrav iz Rovinja, nicht von der weiten Welt, hermetisch abgeriegelt im Eckhaus in Bahl mit der Perspektive von Ansichtskarten, farbigen Bildausschnitten, die zusammengeleimt Borks Weltbild darstellen.
Bork ist nicht blind oder taub, Bork kann alles mit Namen benennen, den weltweiten Zoo an Sehenswürdigkeiten, das Disneyland des Weitgereisten. Bork kennt die Wörter für lieben, leiden, hungern, hassen, peinigen, töten, Bork kennt Be-

griffe wie Jet-Set, Industriegesellschaft, Anarchisten, Gnomen von Zürich, Guru, Kommune. Bork kann sich vorstellen, daß es noch andere Bahls geben könnte, andere Arten des Zusammenlebens möglich sind, andere Arten von Begegnungen. Ein Zentrum kreativer Kräfte zum Beispiel, das jedem Suchenden offenstände, der vom Essen allein nicht satt werden kann und mehr als nur funktionieren will; seine Kreativität wiederfände.
Vermutlich irrt sich Bork, wenn sie zwischen Sonntagsstraße und Wäldchen, zwischen Rosenbüschen und lebhaften Vogeltiraden imaginäre Felder möglicher Begegnungen spannt. Die Kreativen haben zu wenig Phantasie, um sie an Hausfrauen, Arbeiter oder an Ameisen zu verschwenden, man gibt nicht, aber nimmt, und wer mit seinen Talenten nicht zu wuchern versteht, gehört zu den Toren. Für Bork und ihresgleichen ist die Volkshochschule zuständig, das Leben ist zu kurz, um es mit Dilettanten zu verplempern, Hausfrau bleibt Hausfrau. Wenn es dunkel wird im Quartier Latin, soll man die Geister buchstäblich sprühen sehen, subtile, glänzende Geister, die dort zu Hause sind und sich für alles interessieren und alles interessant machen. Die vollkommensten Theateraufführungen werden in den elendsten Räumen gegeben. Der Mann, der die genauesten Übersetzungen macht, wohnt mit seiner Familie in zwei überladenen Mansarden, aber der Kram hat kein Gewicht. Was nützt es Bork, zu wissen, daß man im korsischen Café die besseren Bücher schreibt und es sich mit leichtem Gepäck leichter reist, zuviel Ballast den Geist erstickt? Bork ist mit Bohnen beschäftigt, die bis zum Mittag gekocht sein müssen, Bohnen mit Kasseler und Kartoffeln in Butter geschwenkt, wie zart, zäh, trocken, kernig, hart, verkocht, scharf, fad, gut gewürzt das Essen auf den Tisch kommen wird, liegt ganz bei Bork.
Bald nach dem schwarzen Kaffee wird sich Bork beim Jäten beobachten können und im Warenhaus ganz überraschend nach Kleinmöbeln suchen. Der Kinderzimmerstuhl war end-

gültig zusammengekracht. Ohne zu finden, wird Bork zur nächsten Adresse gehen, wo sie unter Bork bekannt, schließlich zu teuer kaufen oder aus finanziellen Erwägungen vom Kauf besser absehen wird.
Aber der Tag ist noch nicht vorbei. In der Küche stehen sieben Kilo reife Erdbeeren zum erschwinglichen Preis, ein Glücksfall für Bork. Erdbeerkuchen, gekühlter Milchreis, mit Erdbeeren vermengt, hausgemachte Erdbeerglace, -joghurt und -quark, sich an Erdbeeren mit frischgeschlagener Sahne satt essen können, ein Kilo pro Nase, dann bleiben noch drei Kilo zu verarbeiten, falls Bork nicht warten will, bis aus den Gittern der übervollen Plastiksiebe der Erdbeersaft tropft, rote Rinnsale über die Schränke kriechen, sich netzartig ausdehnen, klebriges Erdbeerrot nach Aktionen schreit. Bork wird die Früchte verlesen, waschen, abwiegen, am heißen Herd rühren, die kochende und spuckende Masse kontrollieren wie schon ihre Mutter. Bei Bork schäumt die Fruchtmasse, quillt über, einige Sekunden hatte Bork das Kochgut nicht überwacht, der Katalog eines Einrichtungshauses bekam Farbkleckse ab, klebriges Erdbeerrot zu stehenden Pfützen zwischen Kochplatten geronnen, zischend angebrannt und verkohlt. Bork in gelber Schürze mit brauner Holzkelle sieht sich verzagt, preisgegeben, angeleimt. –
Über heiße Landstraßen und Feldwege in die umliegenden Wälder, die Frauen kannten die Schläge, besonnte Lichtungen, wo riesige Himbeerstauden wucherten, die Beine der Frauen waren weiß, der Dornen wegen unbestrumpft, weiß ihre Kopftücher, die sie als Sonnendächer weit in die Stirne gezogen trugen. Gebückte Arbeiterinnen im Himbeerschlag, die in bunt gemusterten ärmellosen Kattunwickelschürzen Staude um Staude durchgingen, schweigsam in kleine Weißblechkübel pflückten, die sie am braunen oder schwarzledernen Gürtel baumeln ließen, aus den vollen Behältern das Beerengut vorsichtig in größere Emailleeimer schütteten, emsig und zäh, Schweißperlen auf der Nase, die Lichtung durchkämmten, bis

alle Gefäße randvoll waren und ihre weiße Haut von Dornen und Mückenstichen gezeichnet. Dann endlich gingen sie zurück, um die Waldfrüchte zu verlesen, zu waschen, abzuwiegen und schweißgebadet in den Hitzeschwaden an der Feuerstelle hausgemachte Marmeladen herzustellen.
Das Kind sah die Plackerei. Von Dornen gerissen, von Mücken bedrängt, half das Kind unwillig pflücken, verlesen, rühren, nach den Himbeeren die Johannis-, die Stachelbeeren. Jeden Sommer die Beerenberge auf dem Küchentisch, heiße Sommertage, Sommerabende lang, zuerst die Arbeit, dann das Vergnügen, das Mädchen war es gewohnt. Die stattlichen Gläserreihen mit Fruchtgut in den Kellerregalen, der Stolz der Hausfrau, mit Etiketten versehen, nach Sorten und Jahr geordnet, überdauerten sie, von einer Staubschicht bedeckt; zäh und süß, allmählich ungenießbar.
Es war Juni, ein Juniabend, als Bork dann im Keller vergebens nach Gläsern gesucht hat, die sich zum Einfüllen frischgekochter Konfitüre eignen würden. Bork hat etwas gegen Eingewecktes, Eingelegtes, Eingekochtes von eigener Hand. In drei Wochen wird Bork frischgepflückte Kirschen entsteinen, Aprikosen oder Pfirsiche, den Steinguttopf mit sauren Gurken füllen und ihre Abneigung einschichten, von der Vergangenheit eingeholt.

32

Noch haben wir Juni. Oder schon wieder? Die Schwalben fliegen hoch, wenn du nach oben siehst, spannt sich ein lichtes Himmelblau von der Einfamilienhausreihe zum Wäldchen, und die Sonne verweilt länger auf den Rasenplätzen. Jetzt muß täglich gesprengt werden, der Wind trocknet aus, rauschend bewegen sich die hohen verästelten Baumkronen, sommergrün, versperren die Sicht auf die Siedlung.

Rauschende Bäume und Gezwitscher, von Zeit zu Zeit heisere Rabenrufe aus Tannenwipfeln, wenn Bork jetzt die Augen schließen würde, wäre sie ein Einsiedler, der vor seiner Klause sitzt und meditiert, ein einsamer Friedhofsgänger, der zwischen Grabsteinen verweilt, vor geronnenen Lettern, Anfang und Ende im Stein. Die Leben sind gelöscht, und mit der Zeit verwittert der Stein wie die Erinnerung an ihre Leben.
Das Brummen eines Verkehrsflugzeuges kann diese Ruhe nicht brechen. Das Schlagen einer Autotüre. Die weibliche Stimme aus dem Hochhausfenster, die durchs Megaphon ihr Kind zu erreichen versucht. Das Mahlen von Füßen auf Kies. Das Kinderlachen. Das Leben spielt sich außerhalb ab.
Du bist eingekreist, Bork, ich bin dir nahe genug gekommen, um zu sehen, wie es um dich steht, was sagt das Arztbulletin über den Problempatienten? «Sein Zustand ist gleichbleibend.» Du lebst nicht und stirbst nicht, oder sitzt du schon an der Grube, gehst du rückwärts schreitend auf sie zu? Warum tust du nichts gegen das schleichende Übel wie jene reizende Rothaarige, die Nachhilfestunden erteilt, auch Klavierstunden machen sich gut und wissenschaftliche Übersetzungen für einen Verlag. Oder kannst du das nicht? Auch mit der Leitung eines Zuschneidekurses wärst du überfordert, was kannst du? Administratives vielleicht, dann hättest du von einem Arzt, Anwalt oder dergleichen geheiratet werden müssen. Und die Masche der Wohltätigkeit? Jeden Montag in die Strickstube beispielsweise, fürsorglich strickt man sich die Neurosen vom Leibe, jeden Montag jeder Woche jedes Monats, jedes Jahres mit Topflappen und mehr für Heime und Bazars, aber das war es nicht, was ich sagen wollte, es ist egal, was man treibt, betreibt, nur nicht treiben lassen, getrieben werden, stimmst du mit dir überein, mit dem, was dich ausmacht? Aber was macht dich aus, wo stehst du, Bork, welches Gesicht ist mit dir identisch? Sieh in den Spiegel.
Bevor jenes Eckhaus in Bahl bezogen wurde, kein neues Haus,

waren die Handwerker in den Räumen und die Bierkisten im Keller, und du warst ständig unterwegs, um leergewordene Bierflaschen mit gefüllten auszutauschen, Mörtel aus der Badewanne zu schaufeln, leere Konservendosen und Zigarettenkippen einzusammeln, aber es nützte nichts, Bork, das ganze großzügige Gehabe, die verdammte Anbiederei. Ein Spengler ist ein Spengler, und du warst die Gattin eines Mannes, der es sich offensichtlich leisten konnte, ein Haus in Bahl zu kaufen, renovieren zu lassen, einen Spengler zu beschäftigen, einen Fliesenleger, Maler, Schreiner, Elektriker, Teppichleger. Was soll's, wenn der Schweiß trieft, und nicht nur wegen der Hundstage, dann kommt so ein Gefühl ohnmächtigen Hasses auf, der Stachel im Nacken und die Bonzen im kühlen Pool, da pfeift man auf alle hübschen Worte, da bleibt man kein zugänglicher Mensch. Du konntest ihn von deiner Redlichkeit nicht überzeugen, solange du auswechselbar bist, wirst du niemanden überzeugen, irritierst du nur. Die Meinung eines Spenglers über Drohnenleben ist fundiert, auch die Meinung des «Servicemannes für Küchenapparate» ist das Ergebnis einer langjährigen Praxis mit Hausfrauen. Abgestempelt bleibst du jedem Berufsmann und jedem dümmlichen Kerl unterlegen. –
Bei unveränderter Hochdrucklage regnete es Rosenblätter, reifte der Weizen, schrillte der Wecker gegen sechs, unverändert begann Bork ein Frühstück-Mittag-Abendessen zu richten, die Waschmaschine zu füllen, leeren, füllen, in den Zimmern zu ordnen, putzen, polieren, staubzusaugen, den Tisch zu decken, abzuräumen, die Spülmaschine zu füllen, leeren, die Wäsche aufzuhängen, abzunehmen, die Blumen zu gießen, den Hof zu spritzen, die Terrassen und Treppen zu kehren, die Wäsche zu bügeln, die Haustüre zu öffnen, schließen, die Briefkasten zu leeren, füllen, polieren, spritzen, gießen, kehren. Gegen neunzehn Uhr zehn schien Bork frisch genug, ein neues Frühstück zu richten. Es war Donnerstag und ich hundemüde, meinetwegen durfte das nicht mehr so weiterlaufen, war Bork über-

geschnappt, ausgeflippt, sie hantierte in der Garage, morgen war Kehrichtabfuhr, mit Schrubber und dem grünen Meister oder sonst einem Flaschengeist, die Teile eines Stuhles gehörten auf den Kehricht, und wozu soll ein platter eiserner Katzenkopf mit Glasaugen am Stiel gut sein? Dein Eifer scheint mir vergebens, Bork, wenn man saldiert, bleibt zuviel auf der Habenseite, die Müllhalde wächst, ein Metalldackel zum Abstreifen der Schuhe ziert noch immer den Eingang, und die naturgetreue Ente steht glotzend beim Vogelbecken, unbeweglich wie der Standort des Hauses. Wände sind unverrückbar, man müßte durchbrechen, ausbrechen. In Zürich läuft das Seenachtsfest an, bald werden die Grillwürste rauchen, das Bier in Bechern schäumen, die Leute in Stimmung kommen, du könntest dabei sein, Bork, auf einer der Brücken, Aussichtspunkte, am Seeufer das Feuerwerk erwarten, das pünktlich in den Nachthimmel knallt, aufleuchtet und in prächtigen Kaskaden verströmt, auf die Ahs und Ohs der Schaulustigen regnet, du könntest aus dem Riesenrad gaffen und versuchsweise die Köpfe der Leute zählen, die nebeneinander ausharren, Kopf an Kopf, eine Brücke voller Köpfe, dem Erbauer der Brücke sei gedankt, sie wankt nicht und bricht nicht. Wo waren wir stehengeblieben? Beim Schutt, der dich bald decken wird, eindeckt, überdeckt, verschüttet. Im Zürcher Tramdepot stehen rostende Wagen ausrangiert in der dämmrigen Halle, ein Abbruchprojekt meinst du, dabei sprühen dort die Funken von der neu installierten Studiobühne, während du, von leblosen Gegenständen umstellt, deinen Spielraum aufgegeben hast, am Abtreten bist. Dort wird aufgetreten, gespielt, umgebracht, geliebt, gelitten, gehaßt, abgetrieben, getrippt, verblutet, gezüchtigt, gesongt, gefetet, masturbiert, musiziert, alle Rechte bei Suhrkamp, aber das liegt weiter weg als ein Mondtrip, laß dich begraben, Bork.

33

Ein schöner Nekrolog ist dir sicher, den hast du dir verdient, eine hübsche Garnitur, einen schwarzen Knalleffekt, den späten Beifall oder Nachruf, ruhe in Frieden, werte Bork, auf die Lücke, die du umständehalber hinterlassen könntest, müssen wir noch eingehen. Oder hast du noch etwas einzuwenden, auszusagen, irgendwelche Lebensimpulse, einen späten Protest? Ich warte nicht ewig, Bork, deine Geschichte steht, stockt, wehre dich, Bork, reagiere, lauf mir weg oder putze das Blumenfenster gegen die Sonntagsstraße, das hat es immer nötig. Hol die Leiter aus der Garage und schleppe sie zum Schauglas, stelle ab, grätsche sie vor der Fassade und beginne den Putzvorgang auf der schwankenden Leiter. Labil war sie immer, nun stürz endlich ab und brich dir das Genick. Wer die Leiter in die Garage bringen wird, kann nicht mehr deine Sorge sein, du liegst im Vorgärtchen zwischen Rosen und Ginster, der Plattenweg färbt sich rot, und schon war es gewesen. Bork, in Erfüllung hausfraulicher Pflichten. Auch das Bügeleisen ist defekt, ein Sicherheitsrisiko, wie du weißt, das bei unsachgemäßer Behandlung schwerwiegende Folgen haben könnte, aber das kann ich mir nicht vorstellen. Ein Amoklauf scheidet aus den gleichen Gründen aus. Bork wird niemals mit dem Kopf gegen Glaswände rennen, heiße Erdbeerkonfitüre an weiße Wände schleudern, den Garten verwüsten und mit dem Küchenmesser berserkern, was ihren Weg verstellt. Niemals werden die Fundamente schwanken in Bahl, die Zäune fallen, Prinzipien weggeschwemmt; die toten Götter leben ewig. –
Am Freitagabend beginnt das Wochenende, läuft das Freizeitkarussell an, wird bevorzugt eingeladen, ausgegangen, Kultur konsumiert. Man kennt und begegnet sich, verbeugt und begrüßt sich vertraulich in den Foyers, ein Tanz mit wechselnden Partnern bei gleichbleibendem Reim. Man trägt sonnenbraun und gibt sich schlicht, die Accessoires und die erhöhten Ein-

trittspreise genügen zur Legitimation; ein wohltätiger Zweck weiht jeden Konsum. Was konsumiert wird, ist nebensächlich, falls es im Rahmen des Konventionellen bleibt, temperiert beklatscht, andernfalls das Wohlwollen aufgekündigt, und unser lieber Augustin bei Saisonende auf die Straße gesetzt.
Du warst nicht legitimiert und kein Opernfan, irgendein Zufall hatte dich in diese Gesellschaft gebracht, vermutlich war es eine Eintrittskarte, die fällig war, nicht verfallen durfte, während Hoffmann erzählte, überkam dich der absurde Wunsch: Statt der Bühnenlandschaft möchte sich der Zuschauerraum drehen. Aber es ging programmgemäß, du hast die Akteure des Abends angemessen beklatscht und dich dankbar erwiesen, du warst billig zu haben, du bist mir zu billig, Bork.
Du erinnerst fatal an die Jungfrau im Varieté, die, im Kasten eingeschlossen, täglich durchsägt wird, vom Singen des Sägeblattes, den geilen Schaudern des Publikums begleitet zerschnitten liegt, um beim Tusch wiederaufzustehen und ihre unversehrten Reize unter Beifall auszustellen, im alten Glamour. Dabei bleibt sie zersägt, aber es will keiner wahrnehmen, wie sie langsam ausblutet, die Zuschauer sind selbst lädiert und mit Bandagen versehen, blind oder taub oder stumm, ihr Kopf eine teure Trophäe an der Wand eines Erfolgreichen. Man amputiert oder wird amputiert. Bork tut mir leid. Kannibalen sind Menschen im Dschungel der Zivilisation, du läßt dich verstümmeln, Bork, bei lebendigem Leib. Aber keiner wird damit glücklicher, dazu braucht es mehr als ein geordnetes Hauswesen, als hausbackenes Wohlbehagen. Die Herstellung von Komfort ist kein Lebenszweck, zum Teufel mit jenen Hausfrauen, die das lebenslänglich und gegen besseres Wissen betreiben, zum Teufel mit den Nekrologen auf seelengute Gattinnen und Mütter, auf ein Leben am Familienschrein. Wem kann ihr Rumpf noch dienen? der Weihrauch wallt umsonst. Ich klage dich an, Bork, deine Zeit zu vergeuden, ohne Risiken dahinzuleben, tagaus, tagein ganz automatisch, sinnentleert,

ich klage dich der systematischen Selbstzerstörung an, des Vergehens der Lieblosigkeit gegen dich und andere. Ich klage dich deiner Vernuft an, die Gefühlswelten verschüttet und die Konventionen der Gesellschaft respektiert. Ich klage dich an, ein Schattenleben zu führen, gesichtlos, ohne Gewicht; verschwinde, löse dich, löse auf, löse dich auf.

34

Ein heißer Tag, ein Sonntagnachmittag in Bahl, träge und leise, nur Vogelgezwitscher, das übliche Lied, die Angeklagte Bork servierte eisgekühlten Zitronentee im schattigen Sitzplatz und stellte entgegen ihrer Gewohnheit den Rasensprenger an, vermutlich meinetwegen, und ich sagte, solange die Sonne so hoch stünde, würde ein zu hoher Prozentsatz an Wasser verdunsten. Bork schien es gleichgültig zu sein, und ich stellte den Rasensprenger ab, Bork nahm es hin, weniger Glamour, wie mir schien, und sagte übergangslos, daß sie hier nötig wäre für Kinder, Mann, Haus und Garten, in jeder Beziehung einen Full-time-Job ausübe und nicht ohne Schaden austauschbar wäre, der Notendurchschnitt der Kinder, die Laufbahn des Hausherrn, die seelische Stabilität der Familienmitglieder tangiert würden, wenn die vertraute Bezugsperson plötzlich ausfiele. Dazu aus emanzipatorischen Gründen, die von den Familienmitgliedern nicht nachvollziehbar seien, für sie die Rollen der Hausfrau, Mutter, Frau mit Bork absolut identisch wären, eine andere Bork nur verunsichern würde, nach den vielen Jahren unzumutbar sei, im übrigen Bork von Bork keine Ahnung habe, nur ihrer bedingungslosen Liebe zu ihren Kindern sicher sei.
Auf der nahen Tanne sammelten sich Krähen, krächzten flügelschlagend unruhig von Ast zu Ast, jagten sich böse kreischend. Meinetwegen, laß dich zerhacken, Bork, mach es perfekt, aber

erwarte keine Trauer, es gibt keine Erinnerungen an dich, nichts als hausfrauliche Aktionen, Handreichungen, der perfekte Service könnte vorübergehend vermißt werden, die fehlenden Bequemlichkeiten etwas Mühe machen, aber vielleicht ist auch das dein Irrtum, Bork, deine kategorische, allesumfassende Ordnung eine unerträgliche Diktatur und mit Opfern von beiden Seiten verbunden. Wie absurd, Bork. Der Donner rollte über Bahl, aber die Sonne schien, und kein Regen war in Sicht, die Beschuldigte Bork wirkte jetzt hilflos, mutlos, hoffnungslos.
Früher wäre Bork am Wochenbettfieber gestorben, nachdem das Dutzend voll geworden war, oder als Schwindsüchtige im Frauenkloster oder an giftigen Pilzen, die sie zubereitet hat, naturgemäß banal, dabei kennt die Geschichte so viele Jeannes d'Arc, die sich dagegen stellten, verbrannt, geköpft, ersäuft, geviertelt wurden! Nicht so Bork, die ihre Träume strangulieren ließ und unter vermeintlichen Pflichten ihre Sehnsucht begrub. Meine Ermittlungen sind beendet. Bork ist tot.
Noch steht ihr Name auf keinem Grabstein, aber das sind Äußerlichkeiten, faktisch ist Bork tot und ihre Zelle die Totenkammer ohne Türen. Bork ist tot, weil man ohne den Dialog mit draußen nicht leben kann, ohne Bewegung nicht lebendig bleibt, ohne Zuwendungen abstirbt. Bork hat sich verleugnet, ihre Existenz bewußt ausgelöscht, ihr Leben verwirkt. Niemand wird Bork vermissen, denn niemand weiß von Bork.
Auf dem Totenschein wird irgendeine Todesursache stehen, ich nehme das Nächstliegende. Nach der operativen Entfernung des Uterus mußte Bork zwei weitere Eingriffe vornehmen lassen, verdächtige Knoten, die entfernt wurden: ab sofort galt Bork versicherungstechnisch als Risiko, das für eine Höherversicherung nicht mehr tragbar war.
So oder so, die Frist bis zum Nekrolog ist absehbar, der das Leben der Hausfrau Bork abschließen wird und sie endgültig entstellt. Da wird von der Liebe die Rede sein, von der opfer-

bereiten Liebe, von Treue und von Pünktlichkeit, um nicht schon wieder die endlosen Pflichten heraufzubeschwören, von einem Leben in aller Bescheidenheit, von einer schmerzlichen Lücke vielleicht, das sagt sich leichthin, und dann poltert die Erde auf den Rest, zieht mit dem Weihrauch die Welle sentimentaler Phrasen ab, bleibt nichts als die Resignation über ein Leben, das ohne Verwirklichung blieb, spurlos im gewohnten Schlamm versickert war.

35

Und wieder die Sonne über Bahl, Sommerglanz auf alten Giebelhäusern, Dächern, alten gepflegten Fassaden, die zur Martinskirche ansteigen, mit dem Kirchendach und grünen Baumkronen ihren Abschluß finden, ein Häuserpuzzle, das in Generationen gewachsen war, Generationen überlebt hat. Ich stand gegenüber, über dem Platz, den zwei Verkehrsstraßen einfassen mit Verkehrsinseln, klingelnden Straßenbahnen, Passanten, Autos, Plakatwänden, Kasino, besetzten Stühlen im Straßencafé, eifrigen Tauben, feilgehaltenen Früchten oder Maroni, je nach Saison, mit vollem Brunnentrog, parkierten Autos, mit hoher Mauer oder bequem ansteigender Treppe zum Historischen Museum, mit dort lagernden Jugendlichen beiderlei Geschlechts, Zigarettenkippen, Abfall, kräuselndem Rauch. Ich stand da und überschaute den lebendigen Platz. Eilig lief eine unbekannte Person weiblichen Geschlechts an mir vorbei die Treppen hinunter, übersprang dabei Stufen und verschwand in der Menge; und ich gab ihr den Namen Bork.

neue texte bei sauerländer

Heidi Nef
Zerspiegelungen

«Jeder ist vielfacher Spiegel seiner selbst und seiner Umwelt und spiegelt in sich selbst seine Umwelt mit und in seiner Umwelt sich selbst mit und verändert fortwährend alles, was auf ihn auftrifft, während er echt zu spiegeln meint, bis zur Unkenntlichkeit oder Zerstörung. In der Zerspiegelung wird das vermeintlich Gespiegelte vollkommen verwischt oder zerstört, oder einzelne Ausschnitte werden überdeutlich und begreifbar. Manchmal wird durch Zerstörung und Verwischen der nicht beschreibbare Kern erkennbar.»
Aus dieser Erkenntnis heraus zeigt Heidi Nef in den fünf Erzählungen ihres zweiten Buches, wie der Mensch in schwerwiegenden Augenblicken seines Lebens sich seine Lage mit Hilfe der Zerspiegelungen zu verdeutlichen oder zurechtzumachen versucht. Von einem politischen Flüchtling zum Beispiel wird erzählt, der allmählich die Hoffnung auf eine Rückkehr ablegt, oder von einem Heimkehrer, der sich bemüht, die Stadt seiner Jugend für sich zurückzugewinnen.